U0088361

語言鳥 Parrot

語言是通往世界的橋梁

語言鳥 **P**arrot

語言是通往世界的橋梁

韓國人天天會用到的

韓語短句

MP3
附40音發音表

한국인이 매일 사용하는 간단한 문장

想知道韓國人
每天都一定會說什麼話嗎?

韓語短句讓你苦惱?
只會說你好就句點?
害怕對話只能微笑?

有以上狀態發生時,
請盡快拿起本書,
讓你的韓語短句再無阻礙!

想學的
語短句通通都在這一本!
了"안녕하세요!"之外,
還知道哪些常用短句呢?
本在手,
語常用短句絕對難不倒你!!

韓國文字的結構

　　韓文為表音文字，分為子音和母音，韓文字就是由子音和母音所組合而成。基本母音和子音各為10個字和14個字，總共24個字。基本母音和子音在經過組合之後，形成 16 個複合母音和子音，提高其整體組織性，這就是「韓語40音」。

　　每個韓文字代表一個音節，每音節最多有四個音素，而每字的結構最多由五個字母來組成，其組合方式有以下幾種：
1. 子音加母音，例如：나（我）
2. 子音加母音加子音，例如：방（房間）
3. 子音加複合母音，例如：귀（耳）
4. 子音加複合母音加子音，例如：광（光）
5. 一個子音加母音加兩個子音，例如：값（價錢）

韓語 40 音發音對照表

一、基本母音（10個）

	ㅏ	ㅑ	ㅓ	ㅕ	ㅗ	ㅛ	ㅜ	ㅠ	ㅡ	ㅣ
名稱	아	야	어	여	오	요	우	유	으	이
拼音發音	a	ya	eo	yeo	o	yo	u	yu	eu	i
注音發音	ㄚ	一ㄚ	ㄜ	一ㄜ	ㄡ	一ㄡ	ㄨ	一ㄨ	(ㄜ)	一

說 明

- 韓語母音「ㅡ」的發音和「ㄜ」發音有差異，但嘴型要拉開，牙齒快要咬住的狀態，才發得準。
- 韓語母音「ㅓ」的嘴型比「ㅗ」還要大，整個嘴巴要張開成「大Ｏ」的形狀，「ㅗ」的嘴型則較小，整個嘴巴縮小到只有「小o」的嘴型，類似注音「ㄡ」。
- 韓語母音「ㅕ」的嘴型比「ㅛ」還要大，整個嘴巴要張開成「大Ｏ」的形狀，類似注音「一ㄜ」，「ㅛ」的嘴型則較小，整個嘴巴縮小到只有「小o」的嘴型，類似注音「一ㄡ」。

二、基本子音（10個）

	ㄱ	ㄴ	ㄷ	ㄹ	ㅁ	ㅂ	ㅅ	ㅇ	ㅈ	ㅊ
名稱	기역	니은	디귿	리을	미음	비읍	시옷	이응	지읒	치읓
拼音發音	k/g	n	t/d	r/l	m	p/b	s	ng	j	ch
注音發音	ㄎ	ㄋ	ㄊ	ㄌ	ㄇ	ㄆ	ㄙ、(ㄒ)	不發音	ㄗ	ㄘ

說　明

- 韓語子音「**人**」有時讀作「ㄙ」的音，有時則讀作「ㄒ」的音，「ㄒ」音是跟母音「**ㅣ**」搭在一塊時才會出現。
- 韓語子音「**ㅇ**」放在前面或上面不發音；放在下面則讀作「ng」的音，像是用鼻音發「嗯」的音。
- 韓語子音「**ㅈ**」的發音和注音「ㄗ」類似，但是發音的時候更輕，氣更弱一些。

三、基本子音（氣音4個）

	ㅋ	ㅌ	ㅍ	ㅎ
名　稱	키읔	티읕	피읖	히읗
拼音發音	k	t	p	h
注音發音	ㄎ	ㄊ	ㄆ	ㄏ

說　明

- 韓語子音「ㅋ」比「ㄱ」的較重，有用到喉頭的音，音調類似國語的四聲。

  ㅋ=ㄱ+ㅎ
- 韓語子音「ㅌ」比「ㄷ」的較重，有用到喉頭的音，音調類似國語的四聲。

  ㅌ=ㄷ+ㅎ
- 韓語子音「ㅍ」比「ㅂ」的較重，有用到喉頭的音，音調類似國語的四聲。

  ㅍ=ㅂ+ㅎ

四、複合母音（11個）

	ㅐ	ㅒ	ㅔ	ㅖ	ㅘ	ㅙ	ㅚ	ㅞ	ㅝ	ㅟ	ㅢ
名稱	애	얘	에	예	와	왜	외	웨	워	위	의
拼音發音	ae	yae	e	ye	wa	w ae	oe	we	wo	wi	ui
注音發音	ㄝ	一ㄝ	ㄟ	一ㄟ	ㄨㄚ	ㄨㄝ	ㄨㄟ	ㄨㄟ	ㄨㄛ	ㄨ一	ㄜ一

說明

- 韓語母音「ㅐ」比「ㅔ」的嘴型大，舌頭的位置比較下面，發音類似「ae」；「ㅔ」的嘴型較小，舌頭的位置在中間，發音類似「e」。不過一般韓國人讀這兩個發音都很像。

- 韓語母音「ㅒ」比「ㅖ」的嘴型大，舌頭的位置比較下面，發音類似「yae」；「ㅖ」的嘴型較小，舌頭的位置在中間，發音類似「ye」。不過很多韓國人讀這兩個發音都很像。

- 韓語母音「ㅚ」和「ㅙ」比「ㅞ」的嘴型小些，「ㅞ」的嘴型是圓的；「ㅚ」、「ㅙ」則是一樣的發音，不過很多韓國人讀這三個發音都很像，都是發類似「we」的音。

8

五、複合子音（5個）

	ㄲ	ㄸ	ㅃ	ㅆ	ㅉ
名　稱	쌍기역	쌍디귿	쌍비읍	쌍시옷	쌍지읏
拼音發音	kk	tt	pp	ss	jj
注音發音	ㄍ	ㄉ	ㄅ	ㄙ	ㄗ

說　明

- 韓語子音「ㅆ」比「ㅅ」用喉嚨發重音，音調類似國語的四聲。
- 韓語子音「ㅉ」比「ㅈ」用喉嚨發重音，音調類似國語的四聲。

六、韓語發音練習

	ㅏ	ㅑ	ㅓ	ㅕ	ㅗ	ㅛ	ㅜ	ㅠ	ㅡ	ㅣ
ㄱ	가	갸	거	겨	고	교	구	규	그	기
ㄴ	나	냐	너	녀	노	뇨	누	뉴	느	니
ㄷ	다	댜	더	뎌	도	됴	두	듀	드	디
ㄹ	라	랴	러	려	로	료	루	류	르	리
ㅁ	마	먀	머	며	모	묘	무	뮤	므	미
ㅂ	바	뱌	버	벼	보	뵤	부	뷰	브	비
ㅅ	사	샤	서	셔	소	쇼	수	슈	스	시
ㅇ	아	야	어	여	오	요	우	유	으	이
ㅈ	자	쟈	저	져	조	죠	주	쥬	즈	지
ㅊ	차	챠	처	쳐	초	쵸	추	츄	츠	치
ㅋ	카	캬	커	켜	코	쿄	쿠	큐	크	키
ㅌ	타	탸	터	텨	토	툐	투	튜	트	티
ㅍ	파	퍄	퍼	펴	포	표	푸	퓨	프	피
ㅎ	하	햐	허	혀	호	효	후	휴	흐	히
ㄲ	까	꺄	꺼	껴	꼬	꾜	꾸	뀨	끄	끼
ㄸ	따	땨	떠	뗘	또	뚀	뚜	뜌	뜨	띠
ㅃ	빠	뺘	뻐	뼈	뽀	뾰	뿌	쀼	쁘	삐
ㅆ	싸	쌰	써	쎠	쏘	쑈	쑤	쓔	쓰	씨
ㅉ	짜	쨔	쩌	쪄	쪼	쬬	쭈	쮸	쯔	찌

hapter. 01	日常禮儀 안녕하세요. 您好。

招呼語	0 1 6
離別	0 2 1
道歉	0 2 6
感謝	0 3 0
徵求許可	0 3 3
認識他人	0 3 5
詢問他人背景	0 4 3
遇到久未相見的朋友	0 5 1

生活常用短句
내일 뭐해요?
你明天要做什麼？

Chapter.02

在家裡	0 5 4
在餐館	0 6 0
在酒鋪	0 7 2
在咖啡廳	0 7 7
在便利商店	0 8 3
在藥局	0 8 8
在醫院	0 9 2

在路邊小吃攤	0 9 7
在郵局	1 0 1
在銀行	1 0 4
在地鐵站	1 0 8
在公車站	1 1 1
坐計程車	1 1 6
逛街購物	1 2 2
買衣服	1 2 9
買鞋子	1 3 5
殺價	1 4 0
付款	1 4 5
相約見面	1 4 9
邀請	1 5 3
招待朋友	1 5 7
打電話	1 6 5
提出要求	1 7 1
詢問位置	1 7 9
迷路時	1 8 3

Chapter. 03

溝通交談
나랑 얘기 좀 합시다.
我有話和你説。

提出疑問	1 9 0
玩笑	1 9 7

回應他人	1 9 8
否認	2 0 7
爭吵	2 0 9
責備	2 1 8
命令他人	2 2 1
驚訝／意外	2 2 6
驚嚇	2 2 8
關心	2 2 9
安慰／鼓勵	2 3 3
拒絕他人	2 3 9
擔心	2 4 2
解釋	2 4 4
祝賀／祝福	2 4 7
憂鬱／難過	2 4 9
表達觀點	2 5 2
稱讚	2 5 8
感受	2 6 0
開心	2 6 8
不滿	2 7 1
信任	2 7 8
忘記	2 8 1
嘗試	2 8 2
邀人談話	2 8 3
無法理解	2 8 8
後悔	2 9 1
考慮	2 9 3
生氣	2 9 5

聊天話題
우리 화제를 바꾸자.
我們換個話題吧。

興趣	3 0 0
飲食料理	3 0 2
學業／工作	3 1 0
外貌	3 1 3
性格	3 1 7
音樂	3 1 9
電影	3 2 3
休閒／運動	3 2 5
戀愛／結婚	3 2 8
天氣	3 3 8
時間／日期	3 4 2
出去玩	3 4 5

Chapter.01

您好。

日常禮儀

招呼語

● 您好。
안녕하세요.
an nyeong ha se yo

안녕하다	an nyeong ha da 平安／安寧

● 您好嗎？
안녕하십니까?
an nyeong ha sim ni kka

안녕하다	an nyeong ha da 平安／安寧

● 託你的福，我很好。
덕분에 저는 좋습니다.
deok ppu ne jeo neun jo sseum ni da

덕분	deok ppun 福份／多虧

16

● 早安，您好嗎？
안녕히 주무셨습니까?
an nyeong hi ju mu syeot sseum ni kka

주무시다	ju mu si da 睡覺(자다的敬語)

● 吃過飯了嗎？
식사는 하셨어요?
sik ssa neun ha syeo sseo yo

식사	sik ssa 用餐
- 은/는	eun/neun 表示句子的主題或闡述的對象

● 早安。
좋은 아침입니다.
jo eun a chi mim ni da

좋다	jo ta 好
아침	a chim 早上

- 您回來啦？
  잘 다녀오셨어요?
  jal tta nyeo o syeo sseo yo

잘	jal 好好地／小心／熟練
다녀오다	da nyeo o da 去一趟回來

- 我要出門了。（出門時對長輩說）
  다녀오겠습니다.
  da nyeo o get sseum ni da

다녀오다	da nyeo o da 去一趟回來

- 請慢走。（對要出門的長輩說）
  안녕히 다녀오십시오.
  an nyeong hi da nyeo o sip ssi o

안녕히	an nyeong hi 平安／安寧

18

- 今天忙嗎？
  오늘 바쁘세요?
  o neul ppa ppeu se yo

오늘	o neul 今天
바쁘다	ba ppeu da 忙碌

- 今天天氣真好，對吧？
  오늘 날씨가 정말 좋죠?
  o neul nal ssi kka jeong mal jjo chyo

날씨	nal ssi 天氣
정말	jeong mal 真的
좋다	jo ta 好

- 你今天一天過得怎麼樣？
  오늘 하루는 어땠어요?
  o neul ha ru neun eo ttae sseo yo

오늘	o neul 今天
하루	ha ru 一天
어떻다	eo tteo ta 如何／怎麼樣

- 李先生你要去哪裡？
  이 선생님, 어디로 가십니까?
  i seon saeng nim eo di ro ga sim ni kka

- 님	nim 接在人稱後方，表示尊稱
어디	eo di 哪裡
가다	ga da 去

- 您夫人也安好吧？
  부인께서도 안녕하시지요?
  bu in kke seo do an nyeong ha si ji yo

부인	bu in 夫人

- 天氣很好，對吧？
  날씨가 매우 좋지요?
  nal ssi kka mae u jo chi yo

매우	mae u 很

離別

● 再見。
잘 가요.
jal kka yo

잘	jal 好好地

● 下次見。
다음에 봐요.
da eu me bwa yo

다음	da eum 下次
보다	bo da 看／見

● 再見。（向離開要走的人）
안녕히 가세요.
an nyeong hi ga se yo

안녕히	an nyeong hi 平安／安寧

21

● 再見。（向留在原地的人）
  안녕히 계세요.
  an nyeong hi gye se yo

계시다	gye si da 在

● 我該走了。
  그만 가 보겠습니다.
  geu man ga bo get sseum ni da

그만	geu man 到此
가다	ga da 去／往

● 我要回台灣了。
  저는 대만으로 돌아갈 겁니다.
  jeo neun dae ma neu ro do ra gal kkeom ni da

대만	dae man 台灣
돌아가다	do ra ga da 回去

- 什麼？你要走了？
  뭐라고요? 떠나려고요?
  mwo ra go yo tteo na ryeo go yo

뭐	mwo 什麼
떠나다	tteo na da 離開／出發

- 我打算明天早上走。
  내일 아침에 갈 예정입니다.
  nae il a chi me gal ye jeong im ni da

내일	nae il 明天
아침	a chim 早上

- 不知道什麼時候才能再見面了。
  언제 다시 만나게 될지 모르겠군요.
  eon je da si man na ge doel ji mo reu get kku nyo

언제	eon je 何時／什麼時候
다시	da si 再次
모르다	mo reu da 不知道

韓國人天天會用到的
韓語短句

- 這段時間給你添麻煩了。
  그동안 신세 많았습니다.
  geu dong an sin se ma nat sseum ni da

그동안	geu dong an 那段時間／近來
신세	sin se (給他人)添麻煩的事

- 你什麼時候再回來？
  언제 다시 돌아옵니까?
  eon je da si do ra om ni kka

돌아오다	do ra o da 回來

- 我有事先走了。
  나는 일이 있어서 먼저 가요.
  na neun i ri i sseo seo meon jeo ga yo

먼저	meon jeo 先

● 再見。
  또 봅시다.
  tto bop ssi da

또	tto 再/又
보다	bo da 見面/看

● 謝謝您出來送我。
  나와 주셔서 감사합니다.
  na wa ju syeo seo gam sa ham ni da

나오다	na o da 出來
감사하다	gam sa ha da 感謝

● 小心開車喔！
  운전 조심해서 가세요.
  un jeon jo sim hae seo ga se yo

운전	un jeon 開車/駕駛
조심하다	jo sim ha da 小心/注意

韓國人天天會用到的
韓語短句

道歉

● 對不起。
  죄송합니다.
  joe song ham ni da

죄송하다	joe song ha da 對不起

● 對不起。
  미안합니다.
  mi an ham ni da

미안하다	mi an ha da 對不起

● 失禮了。
  실례합니다.
  sil lye ham ni da

실례하다	sil lye ha da 冒犯／失禮

- 沒關係。
  괜찮아요.
  gwaen cha na yo

괜찮다	gwaen chan ta 沒關係／不要緊

- 對不起，我遲到了。
  미안해요. 제가 늦었군요.
  mi an hae yo je ga neu jeot kku nyo

늦다	neut tta 遲／晚
- 았/었	at/eot 韓文句子的過去式

- 對不起，我先失陪了。
  미안합니다. 먼저 실례하겠습니다.
  mi an ham ni da meon jeo sil lye ha get sseum ni da

먼저	meon jeo 先／首先
실례하다	sil lye ha da 失禮

- 沒幫上忙，真抱歉。
  도와 드리지 못해서 죄송합니다.
  do wa deu ri ji mo tae seo joe song ham ni da

돕다	dop tta 幫忙
죄송하다	joe song ha da 抱歉／對不起

- 沒有守約，真是對不起。
  약속을 지키지 못해서 정말 미안합니다.
  yak sso geul jji ki ji mo tae seo jeong mal mi an ham ni da

약속	yak ssok 約定／約束
약속을 지키다	yak sso geul jji ki da 守約

- 已經過去了，別放在心上。
  지난 일이니 마음에 두지 마세요.
  ji nan i ri ni ma eu me du ji ma se yo

지나다	ji na da 經過／過去
마음에 두다	ma eu me du da 放在心上

- 請原諒我。
  용서해 주세요.
  yong seo hae ju se yo

용서하다	yong seo ha da 原諒／饒恕

- 請接受我的道歉。
  저의 사과를 받아 주십시오.
  jeo ui sa gwa reul ppa da ju sip ssi o

사과	sa gwa 道歉／賠禮
받다	bat tta 接受／收到

- 對不起，我看錯人了。
  실례했습니다. 사람을 잘못 봤습니다.
  sil lye haet sseum ni da sa ra meul jjal mot bwat sseum ni da

사람	sa ram 人
잘못	jal mot 錯誤地

感謝

- 謝謝您。
  감사합니다.
  gam sa ham ni da

감사하다	gam sa ha da 感謝

- 謝謝你。
  고맙습니다.
  go map sseum ni da

고맙다	go map tta 謝謝

- 不客氣。
  아니에요.
  a ni e yo

아니다	a ni da 不

● 真的謝謝你。
  정말 고마워요.
  jeong mal kko ma wo yo

정말	jeong mal 真的

● 非常謝謝你。
  대단히 감사합니다.
  dae dan hi gam sa ham ni da

대단히	dae dan hi 非常／相當

● 謝謝你記得我的生日。
  내 생일을 기억해 줘서 고마워요.
  nae saeng i reul kki eo kae jwo seo go ma wo yo

생일	saeng il 生日
기억하다	gi eo ka da 記憶／記得

- 哪裡，別客氣。
  천만에요. 뭘요.
  cheon ma ne yo mwo ryo

천만에요	cheon ma ne yo 別客氣

- 不管怎麼說非常感謝你。
  어쨌든 매우 감사합니다.
  eo jjaet tteun mae u gam sa ham ni da

어쨌든	eo jjaet tteun 不管怎麼説／反正
매우	mae u 很／十分

- 我吃飽了，謝謝你。
  잘 먹었어요. 감사합니다.
  jal meo geo sseo yo gam sa ham ni da

먹다	meok tta 吃

徵求許可

● 我可以一起去嗎？
　나도 같이 가도 되나요?
　na do ga chi ga do doe na yo

같이	ga chi 一起

● 我可以借用你的電話嗎？
　제가 전화 좀 써도 되겠어요?
　je ga jeon hwa jom sseo do doe ge sseo yo

전화	jeon hwa 電話
쓰다	sseu da 使用

● 現在可以吃午餐了嗎？
　이제 점심 먹어도 되죠?
　i je jeom sim meo geo do doe jyo

이제	i je 現在
점심	jeom sim 午餐／中午

韓人天天會用到的
韓語短句

- 可以用這個推車嗎？
  이 카트를 사용해도 되나요?
  i ka teu reul ssa yong hae do doe na yo

카트	ka teu 推車
사용하다	sa yong ha da 使用

- 我可以試穿看看嗎？
  한 번 입어 봐도 돼요?
  han beon i beo bwa do dwae yo

한 번	han beon 一次

- 下星期我可以請一天假嗎？
  다음 주에 하루 휴가를 내도 될까요?
  da eum ju e ha ru hyu ga reul nae do doel kka yo

다음 주	da eum ju 下星期／下週
하루	ha ru 一天
휴가를 내다	hyu ga reul nae da 請假

認識他人

● 請問您貴姓大名？
실례지만, 성함이 어떻게 되십니까?
sil lye ji man seong ha mi eo tteo ke doe sim ni kka

실례	sil lye 失禮／不禮貌
성함	seong ham 姓名

● 我名叫金英恩。
저는 김영은이라고 합니다.
jeo neun gi myeong eu ni ra go ham ni da

저	jeo 我
- (이)라고 하다	(i) ra go ha da 叫作／稱為

● 初次見面。
처음 뵙겠습니다.
cheo eum boep kket sseum ni da

처음	cheo eum 第一次
뵙다	boep tta 見到（謙讓語）

韓國人天天會用到的
韓語短句

- 我是朴妍熙。
  저는 박연희입니다.
  jeo neun ba gyeon hi im ni da

저	jeo 我
박	bak 朴(姓氏)

- 我是韓國華僑。
  저는 한국 화교예요.
  jeo neun han guk hwa gyo ye yo

화교	hwa gyo 華僑

- 久仰大名。
  성함은 많이 들었습니다
  seong ha meun ma ni deu reot sseum ni da

성함	seong ham 姓名
많이	ma ni 多
듣다	deut tta 聽

● 很榮幸見到您。
뵙게 되어 영광입니다.
boep kke doe eo yeong gwang im ni da

뵙다	boep tta 見到(謙讓語)
영광	yeong gwang 光榮／榮幸

● 很高興見到您。
만나게 되어 반갑습니다.
man na ge doe eo ban gap sseum ni da

만나다	man na da 見到／見面
반갑다	ban gap tta 開心／高興

● 往後請多多指教。
앞으로 잘 부탁드립니다.
a peu ro jal ppu tak tteu rim ni da

앞	ap 前面／以後
부탁드리다	bu tak tteu ri da 拜託／請託

韓語短句

- 可以給我一張名片嗎？
  명함 한 장 주시겠어요?
  myeong ham han jang ju si ge sseo yo

명함	myeong ham 名片
한	han 一(個)
장	jang 張(量詞)
주다	ju da 給予

- 你的名字是？
  이름은 무엇입니까?
  i reu meun mu eo sim ni kka

이름	i reum 名字
무엇	mu eot 什麼

- 您貴姓？
  성씨가 어떻게 되세요?
  seong ssi ga eo tteo ke doe se yo

성씨	seong ssi 姓氏

● 我先做自我介紹。
먼저 제 소개를 하겠습니다.
meon jeo je so gae reul ha get sseum ni da

먼저	meon jeo 先/首先
소개	so gae 介紹

● 我的名字是金娜娜。
제 이름은 김나나입니다.
je i reu meun gim na na im ni da

제	je 我的(저의的略語)

● 我是美國人。
저는 미국 사람입니다.
jeo neun mi guk sa ra mim ni da

미국	mi guk 美國
사람	sa ram 人

39

● 東元先生，這位是姜先生。
  동원 씨, 이분은 강선생입니다.
  dong won ssi i bu neun gang seon saeng im ni da

- 씨	ssi 先生／小姐(接在人名後方)
이분	i bun 這位

● 淑敏小姐，這位是我丈夫。
  숙민 씨, 이분이 제 남편이에요.
  sung min ssi i bu ni je nam pyeo ni e yo

남편	nam pyeon 丈夫／老公

● 我來介紹兩位。
  제가 두 분을 소개하겠습니다.
  je ga du bu neul sso gae ha get sseum ni da

두	du 兩(個)

40

● 俊秀先生，這位是朴先生。
준수 씨, 이분은 박선생입니다.
jun su ssi i bu neun bak sseon saeng im ni da

박	bak 朴(姓氏)

● 這位是我的父親。
이분은 저의 아버님이세요.
i bu neun jeo ui a beo ni mi se yo

아버님	a beo nim 父親
- 은/는	eun/neun 表示句子的主題或闡述的對象

● 你們互相打個招呼吧！
서로 인사하시지요.
seo ro in sa ha si ji yo

서로	seo ro 互相
인사하다	in sa ha da 打招呼

韓國人天天會用到的
韓語短句

● 我們三人坐下來聊聊吧。
우리 셋이 앉아서 이야기합시다.
u ri se si an ja seo i ya gi hap ssi da

우리	u ri 我們
셋	set 三(數詞)
앉다	an da 坐下
이야기하다	i ya gi ha da 聊天／談話

● 我可以寄電子郵件給你嗎？
메일 보내도 돼요?
me il bo nae do dwae yo

메일	me il 電子郵件

● 那位是誰？
저분은 누구신가요?
jeo bu neun nu gu sin ga yo

저분	jeo bun 那位

詢問他人背景

- 你在什麼公司上班？
무슨 회사에서 근무하세요?
mu seun hoe sa e seo geun mu ha se yo

회사	hoe sa 公司
근무하다	geun mu ha da 上班／工作

- 你幾歲？
나이가 어떻게 되세요?
na i ga eo tteo ke doe se yo

나이	na i 年紀

- 你幾年生？
몇 년생이에요?
myeot nyeon saeng i e yo

년	nyeon 年

43

- 你幾歲？
  몇 살이에요?
  myeot sa ri e yo

몇 살	myeot sal 幾歲

- 你的職業是什麼？
  직업이 뭐예요?
  ji geo bi mwo ye yo

직업	ji geop 職業
뭐	mwo 什麼

- 我來韓國已經半年了。
  한국에 온 지 반년이 됐습니다.
  han gu ge on ji ban nyeo ni dwaet sseum ni da

한국	han guk 韓國
오다	o da 來
반 년	ban nyeon 半年

● 我是上班族。
저는 회사원입니다.
jeo neun hoe sa wo nim ni da

회사원	hoe sa won 上班族

● 我還是單身。
전 아직 독신입니다.
jeon a jik dok ssi nim ni da

아직	a jik 還/尚
독신	dok ssin 單身

● 你的外號是什麼？
별명이 뭐예요?
byeol myeong i mwo ye yo

별명	byeol myeong 外號

韓國人天天會用到的
韓語短句

- 你的血型是什麼？
  혈액형이 뭐예요?
  hyeo rae kyeong i mwo ye yo

혈액형	hyeo rae kyeong 血型

- 你家有幾個人？
  가족은 어떻게 되세요?
  ga jo geun eo tteo ke doe se yo

가족	ga jok 家人／家族
어떻다	eo tteo ta 如何

- 你的故鄉在哪裡？
  고향은 어디입니까?
  go hyang eun eo di im ni kka

고향	go hyang 故鄉／家鄉

- 我的故鄉是台北。
  제 고향은 타이페이입니다.
  je go hyang eun ta i pe i im ni da

타이페이	ta i pe i 台北
제	je 我的(저의的略語)

- 你住在哪裡？
  어디서 살아요?
  eo di seo sa ra yo

살다	sal tta 住

- 我現在住在釜山。
  지금 부산에 살아요.
  ji geum bu sa ne sa ra yo

부산	bu san 釜山

韓國人天天會用到的
韓語短句

- 家離學校遠嗎？
  집은 학교에서 멉니까?
  ji beun hak kkyo e seo meom ni kka

집	jip 家
학교	hak kkyo 學校

- 你屬什麼？
  무슨 띠입니까?
  mu seun tti im ni kka

띠	tti 生肖
무슨	mu seun 什麼的

- 我屬龍。
  저는 용띠입니다.
  jeo neun yong tti im ni da

용띠	yong tti 屬龍

● 你是什麼星座？
무슨 별자리예요?
mu seun byeol ja ri ye yo

별자리	byeol ja ri 星座

● 我是巨蟹座。
저는 게자리입니다.
jeo neun ge ja ri im ni da

게자리	ge ja ri 巨蟹座

● 你哪時生日？
생일이 언제입니까?
saeng i ri eon je im ni kka

언제	eon je 什麼時候

韓國人天天會用到的
韓語短句

- 我生日是10月20號。
  제 생일은 10월20일입니다.
  je saeng i reun si bwo ri si bi rim ni da

월	wol 月
일	il 日

- 你有幾個兄弟姊妹？
  형제는 어떻게 됩니까?
  hyeong je neun eo tteo ke doem ni kka

형제	hyeong je 兄弟姊妹

- 請告訴我你的聯絡方式。
  연락처 좀 가르쳐 주세요.
  yeol lak cheo jom ga reu cheo ju se yo

연락처	yeol lak cheo 聯絡方式
가르치다	ga reu chi da 教／指出

遇到久未相見的朋友

● 好久不見。
오래간만입니다.
o rae gan ma nim ni da

오래간만	o rae gan man 好久／許久

● 你過得好嗎？
그동안 잘 지냈어요?
geu dong an jal jji nae sseo yo

그동안	geu dong an 那段時間／近來

● 最近過得好嗎？
요즘 잘 지내십니까?
yo jeum jal jji nae sim ni kka

지내다	ji nae da 過日子

韓國人天天會用到的
韓語短句

- 過得還可以囉！
  그럭저럭 잘 지내요.
  geu reok jjeo reok jal jji nae yo

그럭저럭	geu reok jjeo reok 馬馬虎虎

- 我過得很好。
  잘 있습니다.
  jal it sseum ni da

있다	it tta 在／有

- 你回來多久了？
  돌아온 지 얼마나 되었나요?
  do ra on ji eol ma na doe eon na yo

돌아오다	do ra o da 回來
얼마나	eol ma na 多少

Chapter.02

내일 뭐해요?

你明天要做什麼?

生活常用短句

在家裡

● 今天誰要打掃？
오늘 청소는 누가 해?
o neul cheong so neun nu ga hae

청소	cheong so 打掃

● 你幫我做家事，好嗎？
집안일을 좀 도와 줄래?
ji ba ni reul jjom do wa jul lae

집안일	ji ba nil 家事
도와주다	do wa ju da 幫忙

● 上班要遲到了。
출근 시간에 늦겠어요.
chul geun si ga ne neut kke sseo yo

출근	chul geun 上班
시간	si gan 時間

- 爸爸回來了。
  아빠가 돌아오셨어요.
  a ppa ga do ra o syeo sseo yo

아빠	a ppa 爸爸
돌아오다	do ra o da 回來

- 旼志，快去洗手。（非敬語用法）
  민지야, 가서 손 씻어라.
  min ji ya ga seo son ssi seo ra

손을 씻다	so neul ssit tta 洗手

- 去漱口。（非敬語用法）
  가서 양치질해라.
  ga seo yang chi jil hae ra

양치질하다	yang chi jil ha da 漱口／刷牙

韓國人天天會用到的
韓語短句

- 你在找什麼？（非敬語用法）
  너 무얼 찾니?
  neo mu eol chan ni

너	neo 你
찾다	chat tta 找尋

- 媽，我的校服你放在哪裡了？
  엄마, 제 교복 어디에 두셨어요?
  eom ma je gyo bok eo di e du syeo sseo yo

엄마	eom ma 媽媽
교복	gyo bok 校服

- 打開電視。
  TV 켜라.
  tv kyeo ra

켜다	kyeo da 打開

56

- 關掉電視。
  TV 꺼라.
  tv kkeo ra

끄다	kkeu da 關上

- 拿錢去買點雞蛋回來。（非敬語用法）
  돈을 가지고 가서 계란 좀 사 와.
  do neul kka ji go ga seo gye ran jom sa wa

돈	don 錢
가지다	ga ji da 帶／攜帶
계란	gye ran 雞蛋

- 老婆，晚餐你準備了什麼？（非敬語用法）
  여보, 저녁식사로 무얼 준비했어?
  yeo bo jeo nyeok ssik ssa ro mu eol jun bi hae sseo

여보	yeo bo 老婆／老公
준비하다	jun bi ha da 準備

韓國人天天會用到的
韓語短句

- 媽，我肚子好餓。
  엄마, 전 배가 너무 고파요.
  eom ma jeon bae ga neo mu go pa yo

너무	neo mu 很／太
배가 고프다	bae ga go peu da 肚子餓

- 快點穿衣服。（非敬語用法）
  빨리 옷 입어라.
  ppal li ot i beo ra

옷	ot 衣服
입다	ip tta 穿

- 這是誰的褲子？
  이건 누구 바지니?
  i geon nu gu ba ji ni

누구	nu gu 誰
바지	ba ji 褲子

● 晚安。（對長輩説）
안녕히 주무십시오.
an nyeong hi ju mu sip ssi o

주무시다	ju mu si da 睡覺(자다的敬語)
안녕히	an nyeong hi 平安／安寧

● 晚安。
잘 자요.
jal jja yo

자다	ja da 睡覺

● 晚安。（對晚輩説）
잘 자라.
jal jja ra

잘	jal 好好地

在餐館

- 家裡附近有新開的餐館。
  집 근처에 새로 개업한 식당이 있어요.
  jip geun cheo e sae ro gae eo pan sik ttang i i sseo yo

근처	geun cheo 附近
새로	sae ro 新
개업하다	gae eo pa da 開業/開張

- 我們去那家餐廳吧。
  우리 그 식당에 갑시다.
  u ri geu sik ttang e gap ssi da

그	geu 那(個)
식당	sik ttang 餐館/餐廳

- 客人，請進。
  손님, 안으로 들어오십시오.
  son nim a neu ro deu reo o sip ssi o

손님	son nim 客人
안	an 裡面

- 請問幾位？
  몇 분이세요?
  myeot bu ni se yo

분	bun (幾)位／個人

- 我們有三個人。
  세 명이에요.
  se myeong i e yo

명	myeong (幾)位／個人

- 有空位嗎？
  빈 자리가 있습니까?
  bin ja ri ga it sseum ni kka

빈 자리	bin ja ri 空位
비다	bi da 空的

韓國人天天會用到的
韓語短句

- 我們想坐在窗邊的位子。
  우리는 창가 자리에 앉고 싶습니다.
  u ri neun chang ga ja ri e an go sip sseum ni da

창가	chang ga 窗口
자리	ja ri 位置／坐位

- 我們可不可以換到其他的座位？
  다른 자리로 바꿀 수 있습니까?
  da reun ja ri ro ba kkul su it sseum ni kka

자리	ja ri 位置
바꾸다	ba kku da 更換／交換

- 這裡有什麼菜？
  여기 무슨 음식 있어요?
  yeo gi mu seun eum sik i sseo yo

음식	eum sik 食物／菜

- 請跟我來。
  저를 따라 오십시오.
  jeo reul tta ra o sip ssi o

따라오다	tta ra o da 跟來／跟隨

- 請給我一個麵包。
  빵 하나 주세요.
  ppang ha na ju se yo

빵	ppang 麵包
하나	ha na 一(個)

- 這是菜單。
  여기 메뉴가 있습니다.
  yeo gi me nyu ga it sseum ni da

메뉴	me nyu 菜單

- 要吃什麼？
  뭐 먹겠어요?
  mwo meok kke sseo yo

뭐	mwo 什麼
먹다	meok tta 吃

- 你想吃什麼？
  뭘 먹고 싶어요?
  mwol meok kko si peo yo

뭘	mwol 是무엇을的縮寫

- 我要吃石鍋拌飯。
  저는 돌솥비빔밥을 먹겠어요.
  jeo neun dol sot ppi bim ba beul meok kke sseo yo

돌솥비빔밥	dol sot ppi bim bap 石鍋拌飯

● 我要點牛排。
스테이크로 주세요.
seu te i keu ro ju se yo

스테이크	seu te i keu 牛排

● 您要幾分熟呢？
어느 정도 익힌 걸 원하십니까?
eo neu jeong do i kin geol won ha sim ni kka

어느	eo neu 哪種
익히다	i ki da 煮熟
원하다	won ha da 想要／希望

● 請給我五分熟的。
반만 익힌 것으로 주세요.
ban man i kin geo seu ro ju se yo

반	ban 一半

- 有麵類嗎？
  면종류 있나요?
  myeon jong nyu in na yo

면종류	myeon jong nyu 麵類

- 量有點少耶。
  양이 좀 적네요.
  yang i jom jeong ne yo

양	yang 份量／數量
적다	jeok tta 少

- 這道菜會辣嗎？
  이 요리는 매운가요?
  i yo ri neun mae un ga yo

요리	yo ri 料理
맵다	maep tta 辣

● 我加追加一個大醬湯。
된장찌개 하나 추가합니다.
doen jang jji gae ha na chu ga ham ni da

된장찌개	doen jang jji gae 味增湯／大醬湯
추가하다	chu ga ha da 追加／補充

● 請推薦好吃的菜。
맛있는 음식을 추천해 주세요.
ma sin neun eum si geul chu cheon hae ju se yo

맛있다	ma sit tta 好吃
추천하다	chu cheon ha da 推薦

● 請再給我一碗飯。
밥 한 공기 더 주세요.
bap han gong gi deo ju se yo

밥	bap 飯
공기	gong gi 碗／空碗

67

- 這道菜有加豬肉嗎？
  이 음식에 돼지고기 들어가나요?
  i eum si ge dwae ji go gi deu reo ga na yo

음식	eum sik 食物／飲食
돼지고기	dwae ji go gi 豬肉

- 請問要點什麼？
  주문은 어떻게 하시겠어요?
  ju mu neun eo tteo ke ha si ge sseo yo

주문	ju mun 點餐／預訂

- 這裡什麼好吃？
  여기 뭐가 맛있어요?
  yeo gi mwo ga ma si sseo yo

맛있다	ma sit tta 好吃

● 這裡要點菜。
여기 주문 좀 받으세요.
yeo gi ju mun jom ba deu se yo

주문을 받다	ju mu neul ppat tta	接受點菜／接訂單
- (으)세요	(eu) se yo	表示有禮貌地請求對方做某事

● 這道菜叫什麼？
이 음식을 뭐라고 합니까?
i eum si geul mwo ra go ham ni kka

음식	eum sik 食物／菜

● 菜太辣了。
음식이 너무 매워요.
eum si gi neo mu mae wo yo

맵다	maep tta 辣

69

- 我要點水冷麵。
  물냉면으로 주세요.
  mul laeng myeo neu ro ju se yo

물냉면	mul laeng myeon 水冷麵

- 請再拿一些生菜和泡菜過來。
  상추하고 김치 좀 더 주세요.
  sang chu ha go gim chi jom deo ju se yo

상추	sang chu 生菜
김치	gim chi 泡菜

- 請再給我一點小菜。
  반찬 좀 더 주세요.
  ban chan jom deo ju se yo

반찬	ban chan 小菜

- 可以拿鹽給我嗎？
  소금 좀 갖다 주시겠어요?
  so geum jom gat tta ju si ge sseo yo

소금	so geum 鹽
갖다	gat tta 拿／取

- 我想加點。
  음식을 더 시키려고 합니다.
  eum si geul tteo si ki ryeo go ham ni da

더	deo 再
시키다	si ki da 點（菜）

- 對不起，杯子打破了。
  죄송합니다. 컵을 깨 버렸어요.
  joe song ham ni da keo beul kkae beo ryeo sseo yo

컵	keop 杯子
깨다	kkae da 打破／砸破

韓國人天天會用到的
韓語短句

在酒鋪

● 要不要喝酒？
술 한 잔 할래요?
sul han jan hal lae yo

술	sul 酒
한 잔	han jan 一杯

● 這裡要一瓶燒酒和兩個杯子。
여기 소주 한 병하고 잔 두 개 주세요.
yeo gi so ju han byeong ha go jan du gae ju se yo

소주	so ju 燒酒
병	byeong (一)瓶
잔	jan 杯子

● 您要喝什麼酒？
무슨 술을 드시겠습니까?
mu seun su reul tteu si get sseum ni kka

무슨	mu seun 什麼的
술	sul 酒

- 請給我生啤酒。
  생맥주로 주세요.
  saeng maek jju ro ju se yo

생맥주	saeng maek jju 生啤酒

- 你喜歡喝什麼酒？
  어떤 술을 좋아하세요?
  eo tteon su reul jjo a ha se yo

어떤	eo tteon 什麼樣的
좋아하다	jo a ha da 喜歡

- 請給我兩杯啤酒。
  맥주 두 잔 주세요.
  maek jju du jan ju se yo

두 잔	du jan 兩杯

韓國人天天會用到的
韓語短句

- 請再給我一瓶燒酒。
  소주 한 병 더 주세요.
  so ju han byeong deo ju se yo

소주	so ju 燒酒
한 병	han byeong 一瓶

- 我真的不會喝酒。
  술 정말 못해요.
  sul jeong mal mo tae yo

정말	jeong mal 真的
못하다	mo ta da 不會/不能

- 我只喝一杯。
  한 잔만 마실게요.
  han jan man ma sil ge yo

마시다	ma si da 喝

● 來，大家一起乾杯。
  자, 모두들 건배합시다.
  ja mo du deul kkeon bae hap ssi da

모두	mo du 全部／大家
들	deul 表複數

● 乾杯！
  건배!
  geon bae

건배	geon bae 乾杯

● 請給我冰塊。
  얼음 좀 주세요.
  eo reum jom ju se yo

얼음	eo reum 冰塊
주다	ju da 給

- 好像要吐了。
  토할 것 같아요.
  to hal kkeot ga ta yo

토하다	to ha da 嘔吐

- 我們今天盡情暢飲吧。
  오늘은 실컷 마십시다.
  o neu reun sil keot ma sip ssi da

실컷	sil keot 盡情／痛快
- (으)ㅂ시다	(eu) b si da 表示邀請他人一起做某事

- 我想喝杯米酒。
  막걸리 한 잔 하고 싶어요.
  mak kkeol li han jan ha go si peo yo

막걸리	mak kkeol li 米酒

在咖啡廳

● 我們喝杯咖啡吧。
우리 커피 한 잔 해요.
u ri keo pi han jan hae yo

커피	keo pi 咖啡

● 我們去那家咖啡廳吧。
우리 저 커피숍에 가요.
u ri jeo keo pi syo be ga yo

커피숍	keo pi syop 咖啡廳

● 我要在這裡喝。
여기서 마실 거예요.
yeo gi seo ma sil geo ye yo

여기	yeo gi 這裡
마시다	ma si da 喝

- 有熱飲嗎？
  따뜻한 음료 있나요?
  tta tteu tan eum nyo in na yo

따뜻하다	tta tteu ta da 熱的／溫暖的
음료	eum nyo 飲料

- 一樣的我再點一杯。
  같은 것으로 하나 더 주세요.
  ga teun geo seu ro ha na deo ju se yo

같다	gat tta 一樣
하나	ha na 一

- 請幫我去冰。
  얼음은 빼 주세요.
  eo reu meun ppae ju se yo

얼음	eo reum 冰塊
빼다	ppae da 拿掉／減掉

- 請給我冰咖啡。
  아이스커피로 주세요.
  a i seu keo pi ro ju se yo

아이스커피	a i seu keo pi 冰咖啡

- 咖啡拿鐵一杯多少錢？
  카페라떼 한 잔 얼마입니까?
  ka pe ra tte han jan eol ma im ni kka

카페라떼	ka pe ra tte 咖啡拿鐵
한 잔	han jan 一杯

- 請給我一杯大杯的冰摩卡咖啡。
  아이스 카페모카 큰 컵 한 잔 주세요.
  a i seu ka pe mo ka keun keop han jan ju se yo

아이스	a i seu 冰／冰塊
카페모카	ka pe mo ka 摩卡咖啡

韓國人天天會用到的
韓語短句

● 請給我紅茶。
  홍차로 주세요.
  hong cha ro ju se yo

홍차	hong cha 紅茶

● 請再給我一根吸管。
  빨대 하나 더 주세요.
  ppal ttae ha na deo ju se yo

빨대	ppal ttae 吸管

● 可以續杯嗎？
  리필 되나요?
  ri pil doe na yo

리필	ri pil 再裝滿(refill)

- 請給我人參茶。
  인삼차로 주세요.
  in sam cha ro ju se yo

인삼차	in sam cha 人參茶

- 咖啡太苦了。
  커피가 너무 써요.
  keo pi ga neo mu sseo yo

쓰다	sseu da 苦
커피	keo pi 咖啡

- 多加點糖。
  설탕을 더 넣어요.
  seol tang eul tteo neo eo yo

설탕	seol tang 糖

韓國人天天會用到的
韓語短句

- 請不要加糖。
  설탕을 넣지 마세요.
  seol tang eul neo chi ma se yo

넣다	neo ta 加入

- 您要多大杯的呢？
  컵 크기는 어떤 걸로 드릴까요?
  keop keu gi neun eo tteon geol lo deu ril kka yo

크기	keu gi 大小

- 請給我一杯柳橙汁。
  오렌지 주스 한 잔 주세요.
  o ren ji ju seu han jan ju se yo

오렌지	o ren ji 柳橙
주스	ju seu 果汁

在便利商店

● 這附近有便利商店嗎？
이 근처에 편의점이 있어요?
i geun cheo e pyeo nui jeo mi i sseo yo

근처	geun cheo 附近
편의점	pyeo nui jeom 便利商店

● 有咖啡牛奶嗎？
커피 우유 있나요?
keo pi u yu in na yo

커피 우유	keo pi u yu 咖啡牛奶

● 請給我一包菸。
담배 한 갑 주세요.
dam bae han gap ju se yo

담배	dam bae 香菸
갑	gap (一)盒／包

韓國人天天會用到的
韓語短句

- 請給我一根吸管。
  빨대 하나 주세요.
  ppal ttae ha na ju se yo

빨대	ppal ttae 吸管

- 請給我筷子。
  젓가락 좀 주세요.
  jeot kka rak jom ju se yo

젓가락	jeot kka rak 筷子

- 這個請幫我加熱。
  이거 좀 데워 주세요.
  i geo jom de wo ju se yo

데우다	de u da 加熱(食物)

● 有賣雨傘嗎？
우산 팔아요?
u san pa ra yo

우산	u san 雨傘
팔다	pal tta 賣

● 有熱水嗎？
뜨거운 물 있어요?
tteu geo un mul i sseo yo

뜨겁다	tteu geop tta 熱／燙
물	mul 水

● 請給我一個袋子。
봉투 하나 주세요.
bong tu ha na ju se yo

봉투	bong tu 袋子

韓國人天天會用到的
韓語短句

- 請幫我裝在袋子裡。
  봉투에 넣어 주세요.
  bong tu e neo eo ju se yo

넣다	neo ta 裝入

- 總共多少錢？
  모두 얼마예요?
  mo du eol ma ye yo

모두	mo du 全部
얼마	eol ma 多少

- 可以加值嗎？
  카드 충전할 수 있나요?
  ka deu chung jeon hal ssu in na yo

카드	ka deu 卡片
충전하다	chung jeon ha da 加值／充電

● 盥洗用品在哪裡？
세면도구는 어디에 있어요?
se myeon do gu neun eo di e i sseo yo

세면도구	se myeon do gu 盥洗用品

● 這裡有賣打火機嗎？
여기 라이터 팝니까?
yeo gi ra i teo pam ni kka

라이터	ra i teo 打火機
팔다	pal tta 賣

● 便利商店裡有賣國際電話卡嗎？
편의점에서 국제전화카드 팔아요?
pyeo nui jeo me seo guk jje jeon hwa ka deu pa ra yo

국제전화	guk jje jeon hwa 國際電話
카드	ka deu 卡片

韓國人天天會用到的
韓語短句

在藥局

- 這個藥效果好嗎?
  이 약은 효과가 좋은가요?
  i ya geun hyo gwa ga jo eun ga yo

약	yak 藥
효과	hyo gwa 效果

- 有止痛藥嗎?
  진통제가 있습니까?
  jin tong je ga it sseum ni kka

진통제	jin tong je 止痛藥

- 可以給我點暈車藥嗎?
  멀미약 좀 주시겠어요?
  meol mi yak jom ju si ge sseo yo

멀미약	meol mi yak 暈車藥

● 請按照處方幫我配藥。
처방대로 약을 조제해 주세요.
cheo bang dae ro ya geul jjo je hae ju se yo

처방	cheo bang 處方籤
조제하다	jo je ha da 調劑

● 請給我會立即見效的藥。
효과가 바로 나타나는 약으로 주세요.
hyo gwa ga ba ro na ta na neun ya geu ro ju se yo

바로	ba ro 馬上
나타나다	na ta na da 出現

● 請給我擦這個傷口的藥。
이 상처에 바르는 약 좀 주세요.
i sang cheo e ba reu neun yak jom ju se yo

상처	sang cheo 傷口
바르다	ba reu da 擦／塗抹

韓國人天天會用到的
韓語短句

● 請給我一個貼布。
  붙이는 파스 하나 주세요.
  bu chi neun pa seu ha na ju se yo

붙이다	bu chi da 貼
파스	pa seu 貼布

● 請給我OK繃。
  일회용 밴드 주세요.
  il hoe yong baen deu ju se yo

일회용 밴드	il hoe yong baen deu OK繃

● 這個藥怎麼吃？
  이 약은 어떻게 먹습니까?
  i ya geun eo tteo ke meok sseum ni kka

어떻다	eo tteo ta 如何

- 一天吃幾次？
  하루에 몇 번 복용합니까?
  ha ru e myeot beon bo gyong ham ni kka

몇 번	myeot beon 幾次
복용하다	bo gyong ha da 服用

- 該服用幾粒呢？
  몇 알씩 복용해야 합니까?
  myeot al ssik bo gyong hae ya ham ni kka

알	al (幾)粒／顆
씩	ssik 每(次)

- 請給我止瀉的藥。
  설사를 멈추게 하는 약을 주세요.
  seol sa reul meom chu ge ha neun ya geul jju se yo

설사	seol sa 腹瀉／拉肚子
멈추다	meom chu da 停止

韓國人天天會用到的
韓語短句

在醫院

● 皮膚科在哪裡？
피부과는 어디에 있나요?
pi bu gwa neun eo di e in na yo

피부과	pi bu gwa 皮膚科

● 你哪裡不舒服？
어디가 아프세요?
eo di ga a peu se yo

아프다	a peu da 痛／不適

● 喉嚨痛。
목이 아파요.
mo gi a pa yo

목	mok 喉嚨／脖子

- 腳扭到了。
  발을 삐었어요.
  ba reul ppi eo sseo yo

발	bal 腳
삐다	ppi da 扭傷

- 牙痛。
  이빨이 아파요.
  i ppa ri a pa yo

이빨	i ppal 牙齒

- 我有高血壓。
  저는 고혈압이 있습니다.
  jeo neun go hyeo ra bi it sseum ni da

고혈압	go hyeo rap 高血壓

- 我這裡會痛。
  저는 여기가 아파요.
  jeo neun yeo gi ga a pa yo

아프다	a peu da 痛／不適

- 頭痛。
  머리가 아파요.
  meo ri ga a pa yo

머리	meo ri 頭

- 全身無力。
  몸에 힘이 없어요.
  mo me hi mi eop sseo yo

몸	mom 身體
힘	him 力量／力氣

● 沒有食慾。
식욕이 없어요.
si gyo gi eop sseo yo

식욕	si gyok 食慾

● 一直流鼻水。
계속 콧물이 나와요.
gye sok kon mu ri na wa yo

계속	gye sok 一直
콧물	kon mul 鼻水

● 肚子痛。
배가 아픕니다.
bae ga a peum ni da

배	bae 肚子

韓國人天天會用到的
韓語短句

- 咳嗽很嚴重。
  기침이 심해요.
  gi chi mi sim hae yo

기침	gi chim 咳嗽
심하다	sim ha da 嚴重／厲害

- 全身長出斑疹。
  온몸에 발진이 나고 있어요.
  on mo me bal jji ni na go i sseo yo

온몸	on mom 全身
발진	bal jjin 斑疹

- 吐血了。
  피를 토했습니다.
  pi reul to haet sseum ni da

피	pi 血

在路邊小吃攤

● 要不要吃消夜？
밤참 먹을래요?
bam cham meo geul lae yo

밤참	bam cham 消夜

● 我們去吃那家路邊攤吧。
우리 저 포장마차로 가요.
u ri jeo po jang ma cha ro ga yo

포장마차	po jang ma cha 路邊小吃攤

● 請給我一串黑輪。
오뎅 한 꼬치 주세요.
o deng han kko chi ju se yo

오뎅	o deng 黑輪
꼬치	kko chi (一)串

- 請給我一人份的辣炒年糕。
  떡볶이 일인분 주세요.
  tteok ppo kki i rin bun ju se yo

떡볶이	tteok ppo kki 辣炒年糕

- 請給我兩串雞胗。
  닭똥집 두 꼬치 주세요.
  dak ttong jip du kko chi ju se yo

닭똥집	dak ttong jip 雞胗

- 這個一份多少錢？
  이건 일인분에 얼마예요?
  i geon i rin bu ne eol ma ye yo

일인분	i rin bun 一人份

● 請給我一碗烏龍麵。
여기 우동 한 그릇 주세요.
u dong han geu reut ju se yo

우동	u dong 烏龍麵
한 그릇	han geu reut 一碗

● 我要帶走。
싸 가져가려고 합니다.
ssa ga jeo ga ryeo go ham ni da

싸다	ssa da 包裹／包裝
가져가다	ga jeo ga da 帶走

● 請給我一人份的糯米腸。
순대 일인분 주세요.
sun dae i rin bun ju se yo

순대	sun dae 糯米腸

韓國人天天會用到的
韓語短句

- 湯給我多一點。
  국물을 많이 주십시오.
  gung mu reul ma ni ju sip ssi o

국물	gung mul 菜湯／湯水
많이	ma ni 多

- 請幫我包起來。
  포장 좀 해 주세요.
  po jang jom hae ju se yo

포장	po jang 包裝

- 請不要加辣的醬料。
  매운 소스를 넣지 마세요.
  mae un so seu reul neo chi ma se yo

맵다	maep tta 辣
소스	so seu 醬汁(sauce)

在郵局

● 郵局在哪裡？
우체국은 어디에 있습니까?
u che gu geun eo di e it sseum ni kka

우체국	u che guk 郵局

● 郵票要在哪裡買？
우표는 어디서 삽니까?
u pyo neun eo di seo sam ni kka

우표	u pyo 郵票

● 寄這包裹到台灣要多少錢？
이 소포를 대만으로 부치는 데 얼마예요?
i so po reul ttae ma neu ro bu chi neun de eol ma ye yo

소포	so po 包裹

韓國人天天會用到的
韓語短句

- 我想將這封信寄到台灣。
  이 편지를 대만으로 부치고 싶습니다.
  i pyeon ji reul ttae ma neu ro bu chi go sip sseum ni da

편지	pyeon ji 信
부치다	bu chi da 寄

- 請用快件幫我寄出。
  빠른 우편으로 보내 주세요.
  ppa reun u pyeo neu ro bo nae ju se yo

빠르다	ppa reu da 快
우편	u pyeon 郵件

- 送達台灣需要幾天時間?
  대만까지 며칠이면 도착합니까?
  dae man kka ji myeo chi ri myeon do cha kam ni kka

며칠	myeo chil 幾天
도착하다	do cha ka da 抵達／到達

- 請問郵筒在哪裡？
  우체통은 어디에 있습니까?
  u che tong eun eo di e it sseum ni kka

우체통	u che tong 郵筒

- 信封這裡可以買得到嗎？
  봉투는 여기서 살 수 있습니까?
  bong tu neun yeo gi seo sal ssu it sseum ni kka

봉투	bong tu 信封

- 這封信的郵資多少錢？
  이 편지의 우편 요금은 얼마입니까?
  i pyeon ji ui u pyeon yo geu meun eol ma im ni kka

우편 요금	u pyeon yo geum 郵資

韓國人天天會用到的
韓語短句

在銀行

● 我想開戶。
계좌를 개설하고 싶은데요.
gye jwa reul kkae seol ha go si peun de yo

계좌를 개설하다 gye jwa reul kkae seol ha da 開戶

● 我想貸款。
대출을 받고 싶습니다.
dae chu reul ppat kko sip sseum ni da

대출 dae chul 貸款

● 我來存錢。
저금하러 왔는데요.
jeo geum ha reo wan neun de yo

저금하다 jeo geum ha da 存錢

● 我想匯錢。
송금하고 싶은데요.
song geum ha go si peun de yo

송금하다	song geum ha da 匯錢

● 我要存款。
예금하려고 해요.
ye geum ha ryeo go hae yo

예금하다	ye geum ha da 存款

● 我想要換錢。
환전을 하고 싶은데요.
hwan jeo neul ha go si peun de yo

환전	hwan jeon 換錢

韓國人天天會用到的
韓語短句

● 要在哪裡簽名？
  어디에 서명을 합니까?
  eo di e seo myeong eul ham ni kka

서명	seo myeong 簽名

● 請在這裡寫上密碼。
  비밀번호를 여기에 기입해 주십시오.
  bi mil beon ho reul yeo gi e gi i pae ju sip ssi o

비밀번호	bi mil beon ho 密碼

● 利率是多少？
  이율은 얼마입니까?
  i yu reun eol ma im ni kka

이율	i yul 利率

● 我想辦信用卡。
신용카드를 만들고 싶습니다.
si nyong ka deu reul man deul kko sip sseum ni da

신용카드	si nyong ka deu 信用卡

● 我要申請信用卡掛失。
카드 분실을 신고하려고 합니다.
ka deu bun si reul ssin go ha ryeo go ham ni da

분실	bun sil 遺失／丟失
신고하다	sin go ha da 舉報／提案

● 我想把美金換成韓幣。
달러를 한국돈으로 환전하고 싶습니다.
dal leo reul han guk tto neu ro hwan jeon ha go sip sseum ni da

달러	dal leo 美金
한국돈	han guk tton 韓幣

在地鐵站

● 請問我該搭幾號線呢？
몇 호선을 타야 되나요?
myeot ho seo neul ta ya doe na yo

타다	ta da 搭乘

● 我要搭2號線。
저는 2호선을 타려고 합니다.
jeo neun i ho seo neul ta ryeo go ham ni da

호선	ho seon 號線

● 下一站是東大門嗎？
다음 역이 동대문입니까?
da eum yeo gi dong dae mu nim ni kka

다음	da eum 下一／下個
역	yeok 車站(火車、地鐵)

● 還要幾站呢？
몇 정거장 더 가면 돼요?
myeot jeong geo jang deo ga myeon dwae yo

몇	myeot 幾
정거장	jeong geo jang (車)站

● 地鐵站裡有服務台。
지하철역에는 안내소가 있어요.
ji ha cheo ryeo ge neun an nae so ga i sseo yo

안내소	an nae so 服務台

● 我該在那一站轉車呢？
제가 어느 역에서 갈아타야 합니까?
je ga eo neu yeo ge seo ga ra ta ya ham ni kka

갈아타다	ga ra ta da 換車

韓國人天天會用到的
韓語短句

- 這裡沒有地鐵站嗎？
  여기 지하철역이 없나요?
  yeo gi ji ha cheo ryeo gi eom na yo

여기	yeo gi 這裡
없다	eop tta 沒有

- 請給我地鐵路線圖。
  지하철 노선도를 주십시오.
  ji ha cheol no seon do reul jju sip ssi o

노선도	no seon do 路線圖

- 您不需要換車。
  갈아타실 필요가 없습니다.
  ga ra ta sil pi ryo ga eop sseum ni da

필요	pi ryo 必要／必需

在公車站

- 請問我該搭什麼公車？
  무슨 버스를 타야 합니까?
  mu seun beo seu reul ta ya ham ni kka

무슨	mu seun 什麼的

- 234號公車在這裡搭嗎？
  234번 버스는 여기서 타는 건가요?
  i baek ssam sip ssa beon beo seu neun yeo gi seo ta neun geon ga yo

타다	ta da 搭乘

- 我該搭哪台公車？
  어느 버스를 타야 합니까?
  eo neu beo seu reul ta ya ham ni kka

버스를 타다	beo seu reul ta da 搭公車

● 這台公車會到明洞嗎？
　이 버스 명동 가요?
　i beo seu myeong dong ga yo

명동	myeong dong 明洞

● 我要在下一站下車。
　다음에서 내립니다.
　da eu me seo nae rim ni da

다음	da eum 下一個

● 請到對面搭。
　반대 방향에서 타세요.
　ban dae bang hyang e seo ta se yo

반대	ban dae 相反
방향	bang hyang 方向

- 往弘大的公車是幾號？
  홍대로 가는 버스가 몇 번입니까?
  hong dae ro ga neun beo seu ga myeot beo nim ni kka

홍대	hong dae 弘益大學(홍익대학교的略語)

- 這公車會到市區嗎？
  이 버스는 시내에 갑니까?
  i beo seu neun si nae e gam ni kka

시내	si nae 市區

- 到了可以告訴我嗎？
  도착하면 알려 주시겠어요?
  do cha ka myeon al lyeo ju si ge sseo yo

도착하다	do cha ka da 抵達／到達
알리다	al li da 告知

113

- 我要下車了。
  저 내릴게요.
  jeo nae ril ge yo

내리다	nae ri da 下來/下車

- 請在這站下車。
  이번 정류장에서 내리세요.
  i beon jeong nyu jang e seo nae ri se yo

이번	i beon 這次
정류장	jeong nyu jang 公車站

- 到市政府可搭公車。
  시청까지 버스를 탈 수 있어요.
  si cheong kka ji beo seu reul tal ssu i sseo yo

버스를 타다	beo seu reul ta da 搭公車

● 到新村要多少錢？
신촌까지 얼마입니까?
sin chon kka ji eol ma im ni kka

신촌	sin chon 新村

● 請問南山公園到了嗎？
남산공원에 다 왔습니까?
nam san gong wo ne da wat sseum ni kka

남산공원	nam san gong won 南山公園

● 這個座位沒人坐嗎？
이 좌석은 비어 있나요?
i jwa seo geun bi eo in na yo

좌석	jwa seok 座位
비다	bi da 空的／光的

韓國人天天會用的
韓語短句

坐計程車

 Track 028

- 請到這個地址。
  이 주소로 가 주세요.
  i ju so ro ga ju se yo

주소	ju so 地址

- 我要去市政府。
  시청까지 부탁합니다.
  si cheong kka ji bu ta kam ni da

시청	si cheong 市政府

- 帶我到首爾飯店。
  서울 호텔까지 갑시다.
  seo ul ho tel kka ji gap ssi da

서울	seo ul 首爾
호텔	ho tel 飯店

● 請到首爾大公園。
서울대공원으로 가 주세요.
seo ul dae gong wo neu ro ga ju se yo

서울대공원	seo ul dae gong won 首爾大公園

● 請往前方走。
앞쪽으로 가 주세요.
ap jjo geu ro ga ju se yo

앞쪽	ap jjok 前方

● 請右轉。
오른쪽으로 가 주세요.
o reun jjo geu ro ga ju se yo

오른쪽	o reun jjok 右邊

● 請繼續前進。
계속 직진해 주세요.
gye sok jik jjin hae ju se yo

계속	gye sok 一直
직진하다	jik jjin ha da 筆直前進

● 請在前面左轉。
앞에서 좌회전 부탁합니다.
a pe seo jwa hoe jeon bu ta kam ni da

앞	ap 前面
좌회전	jwa hoe jeon 左轉

● 請走不會塞車的路。
막히지 않는 길로 가 주세요.
ma ki ji an neun gil lo ga ju se yo

막히다	ma ki da 堵塞／不通

- 請打開後車廂。
  트렁크 좀 열어 주세요.
  teu reong keu jom yeo reo ju se yo

트렁크	teu reong keu 車廂
열다	yeol da 打開

- 請讓我在這裡下車。
  여기에서 내려 주세요.
  yeo gi e seo nae ryeo ju se yo

여기	yeo gi 這裡
내리다	nae ri da 下車／下

- 請開快一點。
  빨리 좀 가 주세요.
  ppal li jom ga ju se yo

빨리	ppal li 快

韓國人天天會用到的
韓語短句

- 請在那裡的紅綠燈前停車。
  저기 신호등 앞에서 세워 주세요.
  jeo gi sin ho deung a pe seo se wo ju se yo

저기	jeo gi 那邊
신호등	sin ho deung 紅綠燈
세우다	se u da 停車

- 請在下個十字路口停車。
  다음 사거리에서 세워 주세요.
  da eum sa geo ri e seo se wo ju se yo

다음	da eum 下一個
사거리	sa geo ri 十字路口

- 請您停車。
  멈추세요.
  meom chu se yo

멈추다	meom chu da 停止

● 在這裡停車就可以了。
여기서 세워 주시면 됩니다.
yeo gi seo se wo ju si myeon doem ni da

세우다	se u da 停車

● 您辛苦了。
수고하세요.
su go ha se yo

수고하다	su go ha da 辛苦

● 要載您到哪裡？
어디로 모실까요?
eo di ro mo sil kka yo

어디	eo di 哪裡
모시다	mo si da 陪同／服侍

韓國人天天會用的
韓語短句

逛街購物

- 你喜歡購物嗎？
  쇼핑하는 것을 좋아하세요?
  syo ping ha neun geo seul jjo a ha se yo

쇼핑하다	syo ping ha da 逛街／購物
좋아하다	jo a ha da 喜歡

- 您要買什麼？
  무엇을 사시겠습니까?
  mu eo seul ssa si get sseum ni kka

무엇	mu eot 什麼

- 我要看包包。
  가방 좀 봅시다.
  ga bang jom bop ssi da

가방	ga bang 包包
좀	jom 一下／稍微

122

● 休息一下再走。
  쉬었다 가요.
  swi eot tta ga yo

쉬다	swi da 休息

● 男性服飾在幾樓？
  남성복은 몇 층에 있어요?
  nam seong bo geun myeot cheung e i sseo yo

남성복	nam seong bok 男裝
몇 층	myeot cheung 幾樓

● 請上五樓。
  오층으로 가 보세요.
  o cheung eu ro ga bo se yo

층	cheung (幾)樓

- 我想看看帽子。
  저는 모자를 보려고 하는데요.
  jeo neun mo ja reul ppo ryeo go ha neun de yo

모자	mo ja 帽子

- 您喜歡什麼顏色呢？
  무슨 색을 원하시나요?
  mu seun sae geul won ha si na yo

색	saek 顏色
원하다	won ha da 想要／希望

- 這太貴了吧？
  너무 비싼 거 아니에요?
  neo mu bi ssan geo a ni e yo

너무	neo mu 太／很
비싸다	bi ssa da 貴

● 我要買這個。
저는 이것을 사겠어요.
jeo neun i geo seul ssa ge sseo yo

이것		i geot 這個

● 還有哪些物品？
또 어떤 물건이 있습니까?
tto eo tteon mul geo ni it sseum ni kka

어떤		eo tteon 什麼樣的
물건		mul geon 物品／東西

● 這裡沒有。
여기에는 없어요.
yeo gi e neun eop sseo yo

여기		yeo gi 這裡
없다		eop tta 沒有／不在

韓國人天天會用到的
韓語短句

- 我要買這條領帶。
  이 넥타이를 사겠어요.
  i nek ta i reul ssa ge sseo yo

넥타이	nek ta i 領帶

- 這個我不喜歡。
  이거 마음에 안 들어요.
  i geo ma eu me an deu reo yo

마음에 들다	ma eu me deul tta 滿意／喜歡
안	an 不(表否定)

- 這個我很喜歡。
  이거 아주 마음에 들어요.
  i geo a ju ma eu me deu reo yo

아주	a ju 很

126

- 可以試戴嗎？
  이거 해 봐도 돼요?
  i geo hae bwa do dwae yo

이거	i geo 這個(이것的口語用法)

- 我要送人的，可以給我看髮夾嗎？
  선물하려고 하는데 머리핀 좀 보여 주세요.
  seon mul ha ryeo go ha neun de meo ri pin jom bo yeo ju se yo

선물하다	seon mul ha da 送禮／送人
머리핀	meo ri pin 髮夾

- 可以給我新的嗎？
  새 것으로 주시겠어요?
  sae geo seu ro ju si ge sseo yo

새	sae 新的
주다	ju da 給予

- 賣皮夾的地方在哪裡？
  지갑 파는 곳이 어디예요?
  ji gap pa neun go si eo di ye yo

지갑	ji gap 皮夾
팔다	pal tta 賣

- 沒有打折嗎？
  세일 안 합니까?
  se il an ham ni kka

세일	se il 折扣

- 這是最新商品嗎？
  이게 최신 상품입니까?
  i ge choe sin sang pu mim ni kka

이게	i ge 這個(이것이的縮寫)
최신	choe sin 最新
상품	sang pum 商品

買衣服

● 我想看那件外套。
그 외투를 보고 싶습니다.
geu oe tu reul ppo go sip sseum ni da

외투	oe tu 外套

● 我想買內衣。
속옷을 사고 싶어요.
so go seul ssa go si peo yo

속옷	so got 內衣
사다	sa da 買

● 我想買一件衣服。
저는 옷을 한 벌 사려고 합니다.
jeo neun o seul han beol sa ryeo go ham ni da

벌	beol 件／套(量詞)

韓國人天天會用到的
韓語短句

- 最近流行的衣服是哪種？
  요즘 유행하는 옷이 어떤 거예요?
  yo jeum yu haeng ha neun o si eo tteon geo ye yo

요즘	yo jeum 最近
유행하다	yu haeng ha da 流行

- 請給我看看那件裙子。
  저 치마 좀 보여 주세요.
  jeo chi ma jom bo yeo ju se yo

저	jeo 那
치마	chi ma 裙子
보여주다	bo yeo ju da 給看／顯示

- 我想訂做一件套裝。
  정장 한 벌 맞추려고 합니다.
  jeong jang han beol mat chu ryeo go ham ni da

정장	jeong jang 正式服裝
맞추다	mat chu da 訂做

● 衣料的材質是什麼？
옷감 재질이 뭐예요?
ot kkam jae ji ri mwo ye yo

옷감	ot kkam 衣料
재질	jae jil 材質

● 什麼時候會好？
언제 다 됩니까?
eon je da doem ni kka

다	da 全／全都

● 請您試穿看看。
한 번 입어 보시죠.
han beon i beo bo si jyo

한 번	han beon 一次

韓國人天天會用到的
韓語短句

- 這件褲子有其他顏色嗎？
  이 바지는 다른 색이 있습니까?
  i ba ji neun da reun sae gi it sseum ni kka

바지	ba ji 褲子
색	saek 顏色

- 試衣間在哪裡？
  탈의실이 어디에 있습니까?
  ta rui si ri eo di e it sseum ni kka

탈의실	ta rui sil 試衣間

- 袖子太長了。
  소매가 너무 깁니다.
  so mae ga neo mu gim ni da

소매	so mae 袖子

- 請給我大一點的Size。
  좀 더 큰 사이즈로 주세요.
  jom deo keun sa i jeu ro ju se yo

사이즈	sa i jeu 尺寸
크다	keu da 大

- 有鏡子嗎？
  거울 있습니까?
  geo ul it sseum ni kka

거울	geo ul 鏡子

- 洗了不會退色嗎？
  세탁하면 퇴색하지 않나요?
  se ta ka myeon toe sae ka ji an na yo

세탁하다	se ta ka da 洗(衣服)
퇴색하다	toe sae ka da 退色

韓國人天天會用到的
韓語短句

- 容易皺嗎？
  쉽게 구겨지나요?
  swip kke gu gyeo ji na yo

쉽다	swip tta 容易
구겨지다	gu gyeo ji da 變皺

- 尺寸好像太小了。
  사이즈가 좀 작은 것 같아요.
  sa i jeu ga jom ja geun geot ga ta yo

사이즈	sa i jeu 尺寸
작다	jak tta 小

- 這件褲子太大件了。
  이 바지가 너무 헐렁해요.
  i ba ji ga neo mu heol leong hae yo

바지	ba ji 褲子

買鞋子

● 我要買高跟鞋。
하이힐을 사려고 합니다.
ha i hi reul ssa ryeo go ham ni da

하이힐	ha i hil 高跟鞋

● 這裡有賣涼鞋嗎？
여기서 샌들을 팝니까?
yeo gi seo saen deu reul pam ni kka

샌들	saen deul 涼鞋
팔다	pal tta 賣

● 有好一點的皮鞋嗎？
좀 좋은 구두 있어요?
jom jo eun gu du i sseo yo

좋다	jo ta 好
구두	gu du 皮鞋

- 我不喜歡這種鞋子。
  전 이런 신발은 안 좋아해요.
  jeon i reon sin ba reun an jo a hae yo

이렇다	i reo ta 這樣的
신발	sin bal 鞋子

- 我來穿穿看。
  제가 좀 신어 봅시다.
  je ga jom si neo bop ssi da

신다	sin da 穿(鞋)

- 可以試穿嗎？
  신어봐도 돼요?
  si neo bwa do dwae yo

되다	doe da 可以/行

- 我可以走走看嗎？
  좀 걸어 봐도 되겠습니까?
  jom geo reo bwa do doe get sseum ni kka

걷다	geot tta 走路

- 太大了。
  너무 커요.
  neo mu keo yo

크다	keu da 大

- 我的尺寸是245號。
  제 치수는 245입니다.
  je chi su neun i baek ssa si bo im ni da

치수	chi su 尺寸

- 沒有再小雙一點的嗎？
  더 작은 사이즈가 없습니까?
  deo ja geun sa i jeu ga eop sseum ni kka

작다	jak tta 小
사이즈	sa i jeu 尺寸

- 我要買一雙這個。
  이거 한 켤레 주세요.
  i geo han kyeol le ju se yo

켤레	kyeol le 雙(量詞)

- 這雙皮鞋沒有黑色的嗎？
  이 구두 검은색이 없습니까?
  i gu du geo meun sae gi eop sseum ni kka

검은색	geo meun saek 黑色

● 有粗跟的皮鞋嗎？
굵은 굽의 구두가 없습니까?
gul geun gu bui gu du ga eop sseum ni kka

굵다	guk tta 粗的
굽	gup 鞋跟

● 買兩雙會打折嗎？
두 켤레를 사면 할인이 됩니까?
du kyeol le reul ssa myeon ha ri ni doem ni kka

켤레	kyeol le 雙(量詞)
할인	ha rin 打折

● 我想看看球鞋。
운동화를 좀 보려고요.
un dong hwa reul jjom bo ryeo go yo

운동화	un dong hwa 運動鞋／球鞋

殺價

 Track 032

● 好像太貴了呢！
너무 비싼 것 같네요.
neo mu bi ssan geot gan ne yo

비싸다	bi ssa da 貴

● 可以算便宜一點嗎？
조금 깎아 주시겠습니까?
jo geum kka kka ju si get sseum ni kka

조금	jo geum 一點
깎다	kkak tta 減價／削

● 可以打折給我嗎？
할인을 해주시겠습니까?
ha ri neul hae ju si get sseum ni kka

할인	ha rin 打折

● 請算我批發價吧。
  도매 가격으로 해 주세요.
  do mae ga gyeo geu ro hae ju se yo

도매	do mae 批發
가격	ga gyeok 價格

● 總共十萬圜啊！太貴了。
  총 십만원! 너무 비싸요.
  chong sim ma nwon neo mu bi ssa yo

총	chong 總共
비싸다	bi ssa da 貴

● 總共算我六萬韓圜吧。
  전부 다 해서 6만원에 해 주세요.
  jeon bu da hae seo yung ma nwo ne hae ju se yo

전부	jeon bu 全部
만원	ma nwon 萬圜

韓國人天天會用到的
韓語短句

- 我挑了這麼多，算便宜一點吧。
  많이 골랐는데 좀 싸게 해 주세요.
  ma ni gol lan neun de jom ssa ge hae ju se yo

많이	ma ni 多
고르다	go reu da 挑選

- 我會買很多，請算我便宜一點。
  많이 살테니 깎아 주세요.
  ma ni sal te ni kka kka ju se yo

깎다	kkak tta 減價／削

- 阿姨，再算我便宜一點吧。
  아주머님, 조금만 더 싸게 주세요.
  a ju meo nim jo geum man deo ssa ge ju se yo

아주머님	a ju meo nim 大媽／阿姨
조금	jo geum 稍微／一點

● 我會常來，算我便宜一點吧。
  자주 올 테니까 싸게 해 주세요.
  ja ju ol te ni kka ssa ge hae ju se yo

자주	ja ju 常常
오다	o da 來

● 算我便宜一點的話，我就買。
  싸게 주시면 살게요.
  ssa ge ju si myeon sal kke yo

싸다	ssa da 便宜

● 算我一萬圜吧。
  만원에 주세요.
  ma nwo ne ju se yo

만	man 萬
원	won 圜（韓國貨幣單位）

韓國人人人人會用到的
韓語短句

- 拜託，下次我會帶朋友來買。
  부탁해요. 다음에 친구를 데리고 올게요.
  bu ta kae yo da eu me chin gu reul tte ri go ol ge yo

부탁하다	bu ta ka da 拜託／請託
친구	chin gu 朋友
데리다	de ri da 帶領

- 別的地方才賣五千圜耶。
  다른 곳에서는 오천원 팔았거든요.
  da reun go se seo neun o cheo nwon pa rat kkeo deu nyo

다르다	da reu da 別的／其他的
천	cheon 千

- 買四個算我兩萬圜吧。
  네 개 사면 2만원에 해 주세요.
  ne gae sa myeon i ma nwo ne hae ju se yo

개	gae (一)個

付款

- 小姐，總共多少錢？
  아가씨, 모두 얼마죠?
  a ga ssi mo du eol ma jyo

아가씨	a ga ssi 小姐
모두	mo du 全部／總共
얼마	eol ma 多少

- 可以刷卡嗎？
  카드로 계산할 수 있나요?
  ka deu ro gye san hal ssu in na yo

카드	ka deu 卡片
계산하다	gye san ha da 結帳／計算

- 我要用現金付款。
  현금으로 내겠습니다.
  hyeon geu meu ro nae get sseum ni da

현금	hyeon geum 現金

韓國人天天會用到的
韓語短句

- 可以再給我一個紙袋嗎？
  종이 봉지 하나 더 주시겠습니까?
  jong i bong ji ha na deo ju si get sseum ni kka

종이	jong i 紙
봉지	bong ji 袋子

- 可以幫我包裝嗎？
  포장해 주시겠어요?
  po jang hae ju si ge sseo yo

포장하다	po jang ha da 包裝

- 請幫我分開包裝。
  따로따로 포장해 주세요.
  tta ro tta ro po jang hae ju se yo

따로따로	tta ro tta ro 各自／分別

● 我買單。
제가 살게요.
je ga sal kke yo

사다	sa da 買

● 一起付。
같이 내요.
ga chi nae yo

같이	ga chi 一起
내다	nae da 拿出

● 錢在這裡。
여기 돈 있어요.
yeo gi don i sseo yo

여기	yeo gi 這裡
돈	don 錢

- 請開張收據給我。
  영수증을 떼어 주세요.
  yeong su jeung eul tte eo ju se yo

영수증	yeong su jeung 收據

- 要先付款嗎？
  선불인가요?
  seon bu rin ga yo

선불	seon bul 預付

- 謝謝，歡迎下次再來。
  감사합니다. 또 오십시오.
  gam sa ham ni da tto o sip ssi o

또	tto 又/再

相約見面

- 我們下午去看電影如何？
  오후에 우리 영화 보러 갈까요?
  o hu e u ri yeong hwa bo reo gal kka yo

오후	o hu 下午
영화	yeong hwa 電影

- 和朋友約好了去看電影。
  친구와 영화 보러 가기로 약속했어요.
  chin gu wa yeong hwa bo reo ga gi ro yak sso kae sseo yo

친구	chin gu 朋友
약속하다	yak sso ka da 約定／相約

- 我們在哪裡見面？
  어디서 만날까요?
  eo di seo man nal kka yo

어디	eo di 哪裡
만나다	man na da 見面

● 我在學校正門前面等你。
　학교 정문 앞에서 기다릴게요.
　hak kkyo jeong mun a pe seo gi da ril ge yo

학교	hak kkyo 學校
정문	hak kkyo 正門
앞	ap 前面
기다리다	gi da ri da 等待

● 幾點見呢？
　몇 시에 만날까요?
　myeot si e man nal kka yo

몇 시	myeot si 幾點

● 下午四點如何？
　오후 4시, 어때요?
　o hu ne si eo ttae yo

어떻다	eo tteo ta 如何／怎麼樣

- 我們何時再見面呢？
  우린 언제 다시 만날까요?
  u rin eon je da si man nal kka yo

우리	u ri 我們
언제	eon je 何時／什麼時候

- 要不要下星期一見面？
  다음 주 월요일에 만날까요?
  da eum ju wo ryo i re man nal kka yo

다음 주	da eum ju 下周
월요일	wo ryo il 星期一

- 那到時候見。
  그럼 그때 만나요.
  geu reom geu ttae man na yo

그럼	geu reom 那麼
그때	geu ttae 那個時候

韓國人天天會用到的
韓語短句

- 我們近期再見吧。
  조만간 다시 만납시다.
  jo man gan da si man nap ssi da

조만간	jo man gan 近期
다시	da si 再次

- 明天學校見吧！
  내일 학교에서 만나요.
  nae il hak kkyo e seo man na yo

학교	hak kkyo 學校

- 下周見。
  다음 주에 봐요.
  da eum ju e bwa yo

다음 주	da eum ju 下星期

邀請

- 我想招待你來我家。
  저희 집으로 초대하고 싶은데요.
  jeo hi ji beu ro cho dae ha go si peun de yo

저희	jeo hi 我們(우리的謙語)
초대하다	cho dae ha da 招待/邀請

- 亞中，今天晚上你有空嗎？
  아중 씨, 오늘 저녁에 시간 있어요?
  a jung ssi o neul jjeo nyeo ge si gan i sseo yo

시간이 있다	si ga ni it tta 有時間

- 有事嗎？
  무슨 일이 있어요?
  mu seun i ri i sseo yo

무슨	mu seun 什麼

讓需要人天天會用到的
韓語短句

- 我們一起去吃早餐吧。
  우리 함께 아침식사 하러 갑시다.
  u ri ham kke a chim sik ssa ha reo gap ssi da

함께	ham kke 一起
아침식사	a chim sik ssa 早餐

- 要不要一起去？
  같이 가지 않겠습니까?
  ga chi ga ji an ket sseum ni kka

같이	ga chi 一起
가다	ga da 去

- 不了，我和朋友有約。
  아니요, 친구와 약속이 있어요.
  a ni yo chin gu wa yak sso gi i sseo yo

약속	yak ssok 約會／約定

- 我一定會去。
  꼭 가겠습니다.
  kkok ga get sseum ni da

꼭	kkok 一定

- 我幾點去呢？
  몇 시에 가면 됩니까?
  myeot si e ga myeon doem ni kka

가다	ga da 去

- 對不起，我沒時間。
  미안해요. 저는 시간이 없어요.
  mi an hae yo jeo neun si ga ni eop sseo yo

미안하다	-	mi an ha da 對不起
시간		si gan 時間
없다		eop tta 沒有／不在

韓國人天天會用到的
韓語短句

- 我很想去，但另外有事。
  저도 정말 가고 싶지만 일이 있습니다.
  jeo do jeong mal kka go sip jji man i ri it sseum ni da

정말	jeong mal 真的
일	il 事情

- 下週有我的生日派對，你要來嗎？
  다음 주에 내 생일파티가 있는데 와 주겠어요?
  da eum ju e nae saeng il pa ti ga in neun de wa ju ge sseo yo

다음 주	da eum ju 下週
생일파티	saeng il pa ti 生日派對

招待朋友

● 請一定要來我家玩。
우리 집에 꼭 놀러 오세요.
u ri ji be kkok nol leo o se yo

집	jip 家
꼭	kkok 一定
놀다	nol da 玩

● 崔先生在家嗎？
최선생 집에 계십니까?
choe seon saeng ji be gye sim ni kka

계시다	gye si da 在

● 請進來坐。
어서 들어오셔서서 앉으십시오.
eo seo deu reo o syeo seo an jeu sip ssi o

어서	eo seo 快
앉다	an da 坐

- 請喝茶。
  차 드십시오.
  cha deu sip ssi o

차	cha 茶
들다	deul tta 吃／喝

- 晚餐在這裡吃吧。
  저녁 식사를 여기서 하시지요.
  jeo nyeok sik ssa reul yeo gi seo ha si ji yo

저녁	jeo nyeok 晚上
식사	sik ssa 用餐
여기	yeo gi 這裡

- 快請進。
  어서 들어와요.
  eo seo deu reo wa yo

들어오다	deu reo o da 進來

● 隨便坐。
편히 앉으세요.
pyeon hi an jeu se yo

편히	pyeon hi 隨意／舒服
앉다	an da 坐

● 請用餐。
식사하세요.
sik ssa ha se yo

식사하다	sik ssa ha da 用餐

● 請慢用。
맛있게 드세요.
ma sit kke deu se yo

들다	deul tta 用餐／進餐

- 請趁熱吃。
  식기 전에 얼른 드세요.
  sik kki jeo ne eol leun deu se yo

식다	sik tta 涼/冷
얼른	eol leun 快點

- 我開動了。
  잘 먹겠습니다.
  jal meok kket sseum ni da

잘	jal 好好地

- 我吃飽了。
  잘 먹었습니다.
  jal meo geot sseum ni da

먹다	meok tta 吃

● 菜合您的口味嗎？
음식이 입에 맞으세요?
eum si gi i be ma jeu se yo

입에 맞다	i be mat tta 合口味

● 今天的菜真好吃。
오늘 음식은 참 맛있었어요.
o neul eum si geun cham ma si sseo sseo yo

음식	eum sik 菜
맛있다	ma sit tta 好吃

● 很高興合您的胃口。
입맛에 맞으시니 기쁩니다.
im ma se ma jeu si ni gi ppeum ni da

입맛	im mat 口味／胃口
맞다	mat tta 符合

韓國人天天會用到的
韓語短句

● 給您添麻煩了，不好意思。
폐를 끼쳐서 정말 죄송합니다.
pye reul kki cheo seo jeong mal jjoe song ham ni da

폐를 끼치다	pye reul kki chi da 添麻煩
정말	jeong mal 真的

● 請多吃一點。
많이 드십시오.
ma ni deu sip ssi o

많이	ma ni 多／不少

● 謝謝你的招待，我先走了。
대접 잘 받았습니다. 가봐야겠습니다.
dae jeop jal ppa dat sseum ni da ga bwa ya get sseum ni da

대접	dae jeop 招待／接待
받다	bat tta 得到／收到

● 再坐一會兒吧。
좀 더 놀다 가시지요.
jom deo nol da ga si ji yo

좀	jom 一點/稍微
더	deo 更/再

● 因為有別的事，所以該走了。
다른 일이 있어서 가봐야겠어요.
da reun i ri i sseo seo ga bwa ya ge sseo yo

일	il 事情/工作
있다	it tta 有/在

● 謝謝您的邀請。
초대해 주셔서 감사합니다.
cho dae hae ju syeo seo gam sa ham ni da

초대하다	cho dae ha da 邀請/邀約

● 請常來玩。
자주 놀러 오세요.
ja ju nol leo o se yo

자주	ja ju 經常／常常

● 請把大衣交給我。
코트를 저에게 주세요.
ko teu reul jjeo e ge ju se yo.

코트	ko teu 大衣外套

● 要喝飲料嗎？
음료는 어떻습니까?
eum nyo neun eo tteo sseum ni kka

음료	eum nyo 飲料

打電話

● 喂，崔先生在家嗎？
여보세요, 최선생 계세요?
yeo bo se yo choe seon saeng gye se yo

여보세요	yeo bo se yo 喂
계시다	gye si da 在（있다的敬語）

● 樸孝敏在嗎？
박효민 씨 있습니까?
ba kyo min ssi it sseum ni kka

있다	it tta 在

● 喂，是金老師的家嗎？
여보세요, 김 선생님 댁이지요?
yeo bo se yo gim seon saeng nim dae gi ji yo

선생님	seon saeng nim 老師
댁	daek 家／府上（집的敬語）

韓國人天天會用到的
韓語短句

● 不好意思，您是哪位？
실례지만, 누구시죠?
sil lye ji man nu gu si jyo

실례	sil lye 失禮／失陪

● 我想和旼志講電話。
민지 씨와 통화하고 싶습니다.
min ji ssi wa tong hwa ha go sip sseum ni da

통화하다	tong hwa ha da 通話

● 我就是。
전데요.
jeon de yo

저	jeo 我

- 喂，你找哪位？
  여보세요. 누구 찾으세요?
  yeo bo se yo nu gu cha jeu se yo

찾다	chat tta 找尋

- 請問哪裡找呢？
  죄송하지만 어디세요?
  joe song ha ji man eo di se yo

어디	eo di 哪裡

- 請稍等。
  잠시만 기다리세요.
  jam si man gi da ri se yo

잠시	jam si 暫時
기다리다	gi da ri da 等待

韓國人天天會用到的
韓語短句

● 麻煩你請眰志聽電話。
민지 씨 좀 바꿔 주세요.
min ji ssi jom ba kkwo ju se yo

바꾸다	ba kku da 更換／交換

● 他現在不在。
지금 안 계세요.
ji geum an gye se yo

계시다	gye si da 在(있다的敬語)
지금	ji geum 現在

● 您因何事來電呢？
무슨 일로 전화하셨나요?
mu seun il lo jeon hwa ha syeon na yo

무슨	mu seun 什麼的
일	il 事情

- 聽不清楚。
  잘 들리지 않아요.
  jal tteul li ji a na yo

들리다	deul li da 聽見

- 我以後再打。
  나중에 다시 걸겠습니다.
  na jung e da si geol get sseum ni da

나중	na jung 以後
걸다	geol da 打（電話）

- 你可以再打一次電話嗎？
  다시 전화 줄래요?
  da si jeon hwa jul lae yo

다시	da si 再次
전화	jeon hwa 電話

韓國人天天會用到的
韓語短句

- 您打錯了。
  잘못 거셨습니다.
  jal mot geo syeot sseum ni da

잘못	jal mot 錯誤地

- 謝謝您的來電。
  전화 주셔서 감사합니다.
  jeon hwa ju syeo seo gam sa ham ni da

감사하다	gam sa ha da 感謝

- 我打錯電話了。
  제가 전화를 잘못 걸었습니다.
  je ga jeon hwa reul jjal mot geo reot sseum ni da

전화	jeon hwa 電話

提出要求

- 可以幫忙嗎？
  좀 도와 주시겠습니까?
  jom do wa ju si get sseum ni kka

좀	jom 稍微／一下（表委婉的請求）

- 請幫我個忙。
  저를 좀 도와 주십시오.
  jeo reul jjom do wa ju sip ssi o

도와 주다	do wa ju da 幫忙

- 你能送我回家嗎？
  저를 집까지 태워다 줄 수 있어요?
  jeo reul jjip kka ji tae wo da jul su i sseo yo

집	jip 家
태우다	tae u da 載人／使…乘坐

171

- 音樂的音量可以關小一點嗎？
  음악 소리를 좀 줄여 주시겠어요?
  eu mak so ri reul jjom ju ryeo ju si ge sseo yo

음악	eu mak 音樂
소리	so ri 聲音
줄다	jul da 減少

- 可以幫我買晚餐嗎？
  저녁 밥 좀 사다 주시겠어요?
  jeo nyeok bap jom sa da ju si ge sseo yo

밥	bap 飯
사다	sa da 買

- 可以給我一杯水嗎？
  물 한 컵 주실래요?
  mul han keop ju sil lae yo

물	mul 水
컵	keop 杯

● 請給我毯子。
담요 좀 주세요.
dam nyo jom ju se yo

담요	dam nyo 毯子

● 請你再講一次。
다시 한 번 말씀해 주세요.
da si han beon mal sseum hae ju se yo

다시	da si 再次
말씀하다	mal sseum ha da 說話

● 請講大聲一點。
큰 소리로 얘기해 주세요.
keun so ri ro yae gi hae ju se yo

크다	keu da 大
소리	so ri 聲音

韓國人天天會用到的
韓語短句

- 請您慢慢説。
  천천히 말씀해 주세요.
  cheon cheon hi mal sseum hae ju se yo

천천히	cheon cheon hi 慢慢地

- 我可以開窗戶嗎？
  창문을 열어도 괜찮겠습니까?
  chang mu neul yeo reo do gwaen chan ket sseum ni kka

창문	chang mun 窗戶
열다	yeol da 打開

- 這封信請幫我交給老師。
  이 편지를 선생님께 전해 주세요.
  i pyeon ji reul sseon saeng nim kke jeon hae ju se yo

편지	pyeon ji 信
전하다	jeon ha da 傳／轉交

● 請告訴我這個的使用方法。
이거 사용방법 좀 가르쳐 주세요.
i geo sa yong bang beop jom ga reu cheo ju se yo

사용	sa yong 使用
방법	bang beop 方法

● 可以再給我一杯咖啡嗎？
커피 한 잔 더 주시겠습니까?
keo pi han jan deo ju si get sseum ni kka

커피	keo pi 咖啡

● 去市場時，幫我買牛肉。
시장에 갈 때 소고기 좀 사다 줘요.
si jang e gal ttae so go gi jom sa da jwo yo

시장	si jang 市場
소고기	so go gi 牛肉

韓語短句

● 不要太晚回來。
  너무 늦게 돌아오지 말아요.
  neo mu neut kke do ra o ji ma ra yo

너무	neo mu 太

● 請再給我一雙筷子。
  젓가락 하나 더 주세요.
  jeot kka rak ha na deo ju se yo

젓가락	jeot kka rak 筷子

● 請不要加太多辣椒。
  고추를 많이 넣지 마세요.
  go chu reul ma ni neo chi ma se yo

고추	go chu 辣椒
넣다	neo ta 加入

● 可以幫我把行李搬到房間嗎？
짐을 방까지 옮겨 주시겠습니까?
ji meul ppang kka ji om gyeo ju si get sseum ni kka

짐	jim 行李
옮기다	om gi da 搬移／搬遷

● 你可以幫我拍照嗎？
사진 좀 찍어 주시겠습니까?
sa jin jom jji geo ju si get sseum ni kka

사진	sa jin 照片
찍다	jjik tta 拍(照)

● 可以使用閃光燈嗎？
플래시를 사용해도 되나요?
peul lae si reul ssa yong hae do doe na yo

플래시	peul lae si 閃光燈
사용하다	sa yong ha da 使用

- 可以借用一下電話嗎？
  전화 한 통 빌려 써도 될까요?
  jeon hwa han tong bil lyeo sseo do doel kka yo

빌리다	bil li da 借
쓰다	sseu da 使用

- 請幫我叫救護車。
  구급차를 불러 주세요.
  gu geup cha reul ppul leo ju se yo

구급차	gu geup cha 救護車

- 您可以再說明一次嗎？
  다시 한 번 설명해 주시겠어요?
  da si han beon seol myeong hae ju si ge sseo yo

설명하다	seol myeong ha da 説明

詢問位置

● 請問洗手間在哪裡？
화장실이 어디에 있나요?
hwa jang si ri eo di e in na yo

화장실	hwa jang sil 洗手間

● 請問哪裡可以搭公車？
버스 타는 곳이 어디예요?
beo seu ta neun go si eo di ye yo

버스	beo seu 公車
타다	ta da 搭乘

● 銀行在哪裡？
은행이 어디죠?
eun haeng i eo di jyo

은행	eun haeng 銀行

● 百貨公司裡也有書店。
  백화점에는 서점도 있습니다.
  bae kwa jeo me neun seo jeom do it sseum ni da

백화점	bae kwa jeom 百貨公司
서점	seo jeom 書店

● 請問吸菸室在哪裡？
  흡연실은 어디에 있어요?
  heu byeon si reun eo di e i sseo yo

흡연실	heu byeon sil 吸菸室

● 請問停車場在哪裡？
  주차장은 어디에 있습니까?
  ju cha jang eun eo di e it sseum ni kka

주차장	ju cha jang 停車場

- 請問休息室在哪裡？
  휴게실은 어디에 있나요?
  hyu ge si reun eo di e in na yo

휴게실	hyu ge sil 休息室

- 這裡也有三溫暖。
  여기에는 사우나도 있어요.
  yeo gi e neun sa u na do i sseo yo

사우나	sa u na 三溫暖

- 是左邊的方向。
  왼쪽 방향입니다.
  oen jjok bang hyang im ni da

왼쪽	oen jjok 左邊
방향	bang hyang 方向

- 北方是哪一邊？
  북쪽이 어느 쪽인가요?
  buk jjo gi eo neu jjo gin ga yo

북쪽	buk jjok 北邊
쪽	jjok 邊／方向

- 地鐵站在哪個方向？
  지하철 역이 어느 방향입니까?
  ji ha cheol yeo gi eo neu bang hyang im ni kka

지하철 역	ji ha cheol yeok 地鐵站
어느	eo neu 哪一個

- 我現在站得地方是火車站前。
  제가 지금 서 있는 곳은 기차역 앞에 있습니다.
  je ga ji geum seo in neun go seun gi cha yeok a pe it sseum ni da

서다	seo da 站／站立
곳	got 地方

迷路時

● 我迷路了。
길을 잃었는데요.
gi reul i reon neun de yo

길	gil 路
길을 잃다	gi reul il ta 迷路

● 現在這裡是什麼地方？
지금 여기가 어디쯤이죠?
ji geum yeo gi ga eo di jjeu mi jyo

지금	ji geum 現在

● 不好意思，可以問路嗎？
실례지만 길 좀 물어도 될까요?
sil lye ji man gil jom mu reo do doel kka yo

길을 묻다	gi reul mut tta 問路

韓國人天天會用到的
韓語短句

- 我該往哪個方向走？
  저는 어느 방향으로 가야 합니까?
  jeo neun eo neu bang hyang eu ro ga ya ham ni kka

어느	eo neu 哪一個

- 有捷徑嗎？
  지름길이 있습니까?
  ji reum gi ri it sseum ni kka

지름길	ji reum gil 捷徑

- 我想去高麗大學，怎麼走？
  제가 고려대로 가려고 하는데 어떻게 가야 합니까?
  je ga go ryeo dae ro ga ryeo go ha neun de eo tteo ke ga ya ham ni kka

고려대	go ryeo dae 高麗大學

● 地鐵站離這裡很遠嗎？
  지하철 역은 여기서 멀어요?
  ji ha cheol yeo geun yeo gi seo meo reo yo

멀다	meol da 遠

● 右轉還是左轉？
  우회전입니까, 좌회전입니까?
  u hoe jeo nim ni kka jwa hoe jeo nim ni kka

우회전	u hoe jeon 右轉
좌회전	jwa hoe jeon 左轉

● 是這個方向嗎？
  이 방향이 맞습니까?
  i bang hyang i mat sseum ni kka

방향	bang hyang 方向
맞다	mat tta 正確／沒錯

韓國人天天會用到的
韓語短句

- 走路去的話，需要多少時間？
  걸어서 가면 시간이 얼마나 걸려요?
  geo reo seo ga myeon si ga ni eol ma na geol lyeo yo

걸어가다	geo reo ga da 走路去
시간	si gan 時間

- 火車站怎麼去？
  기차역 어떻게 가요?
  gi cha yeok eo tteo ke ga yo

기차역	gi cha yeok 火車站

- 要走很久嗎？
  많이 걸어야 돼요?
  ma ni geo reo ya dwae yo

걷다	geot tta 走

- 請在這裡畫簡圖給我。
  여기에 약도를 그려 주세요.
  yeo gi e yak tto reul kkeu ryeo ju se yo

약도	yak tto 略圖／簡圖
그리다	geu ri da 畫

- 用走的要多久呢？
  걸어서 얼마나 걸립니까?
  geo reo seo eol ma na geol lim ni kka

걸리다	geol li da 花費／需要

- 很容易找嗎？
  찾기 쉬운가요?
  chat kki swi un ga yo

찾다	chat tta 尋找
쉽다	swip tta 容易

韓國人天天會用到的
韓語短句

● 謝謝你為我指路。
  길을 가르쳐 주셔서 감사합니다.
  gi reul kka reu cheo ju syeo seo gam sa ham ni da

길	gil 路
가르치다	ga reu chi da 教授／指引

● 你要去哪裡？
  어디로 가는 길입니까?
  eo di ro ga neun gi rim ni kka

어디	eo di 哪裡
가다	ga da 去
길	gil 路

Chapter.03

랑 얘기 좀 합시다.
我有話和你説。

溝通交談

提出疑問

● 有什麼事嗎？
무슨 일 있나요?
mu seun il in na yo

| 무슨 | mu seun 什麼的 |
| 일 | il 事情 |

● 那件事情怎麼樣了？
그 일 어떻게 됐어요?
geu il eo tteo ke dwae sseo yo

| 어떻다 | eo tteo ta 怎麼樣 |

● 不好意思，請問一下。
실례하지만 말씀 좀 여쭙겠습니다.
sil lye ha ji man mal sseum jom yeo jjup kket sseum ni da

실례하다	sil lye ha da 失禮／冒犯
말씀	mal sseum 話語 (말的敬語)
여쭙다	yeo jjup tta 稟告

- 那我該怎麼辦？
  그럼 어떡하지요?
  geu reom eo tteo ka ji yo

그럼	geu reom 那麼
어떡하다 eo tteo ka da 怎麼做(어떻게 하다的略語)	

- 是誰做的？
  누가 그랬어요?
  nu ga geu rae sseo yo

그렇다	geu reo ta 那樣

- 那是真的嗎？
  그게 사실이에요?
  geu ge sa si ri e yo

그게	geu ge 為그것이的縮寫
사실	sa sil 事實

韓國人天天會用到的
韓語短句

- 怎麼回事？
  왜 그래요?
  wae geu rae yo

왜	wae 為什麼

- 你那麼說嗎？（非敬語用法）
  네가 그렇게 말했어?
  ni ga geu reo ke mal hae sseo

네	ni 你／你的
말하다	mal ha tta 說

- 到底是什麼事？
  도대체 무슨 일이에요?
  do dae che mu seun i ri e yo

도대체	do dae che 究竟／到底
무슨	mu seun 什麼的

- 到底是怎麼回事？
  도대체 어떻게 된 거예요?
  do dae che eo tteo ke doen geo ye yo

어떻다	eo tteo ta 怎麼樣

- 你為什麼這麼急？
  왜 그렇게 서둘러요?
  wae geu reo ke seo dul leo yo

서두르다	seo du reu da 趕忙

- 我能問您個問題嗎？
  뭐 하나 여쭤봐도 돼요?
  mwo ha na yeo jjwo bwa do dwae yo

하나	ha na 一(個)
여쭤다	yeo jju da 稟告

- 可以拜託你件事嗎？
  뭐 좀 부탁 드려도 돼요?
  mwo jom bu tak deu ryeo do dwae yo

부탁	bu tak 請託／拜託
드리다	deu ri da 給(주다的敬語)

- 你沒問題吧？
  문제없죠?
  mun je eop jjyo

문제	mun je 問題
없다	eop tta 沒有

- 你在猶豫什麼？
  뭘 주저하나요?
  mwol ju jeo ha na yo

주저하다	ju jeo ha da 躊躇／猶豫

- 您還在生氣嗎？
  아직도 삐쳐 있어요?
  a jik tto ppi cheo i sseo yo

아직	a jik 仍／尚
삐치다	ppi chi da 耍小脾氣

- 您怎麼那麼忙呢？
  왜 그토록 바쁘십니까?
  wae geu to rok ba ppeu sim ni kka

왜	wae 為什麼
그토록	geu to rok 那麼
바쁘다	ba ppeu da 忙碌

- 有什麼重要的事嗎？
  중요한 일이라도 있어요?
  jung yo han i ri ra do i sseo yo

중요하다	jung yo ha da 重要
일	il 事情

195

韓語短句

- 你喜歡什麼運動？
  무슨 운동을 좋아해요?
  mu seun un dong eul jjo a hae yo

운동	un dong 運動

- 你喜歡什麼顏色？
  무슨 색을 좋아하십니까?
  mu seun sae geul jjo a ha sim ni kka

색	saek 顏色

- 那不是李先生嗎？
  저분은 이 선생이 아니십니까?
  jeo bu neun i seon saeng i a ni sim ni kka

저분	jeo bun 那位／他
이	i 李 (姓氏)
선생	seon saeng 先生／老師

玩笑

- 請別開玩笑。
  농담하지 마세요.
  nong dam ha ji ma se yo

농담하다	nong dam ha da 開玩笑

- 這可不是開玩笑。
  농담이 아니에요.
  nong da mi a ni e yo

농담	nong dam 玩笑
아니다	a ni da 不是

- 開玩笑的，別放在心上。
  농담이니까 마음에 두지 마세요.
  nong da mi ni kka ma eu me du ji ma se yo

마음	ma eum 心
마음에 두다	ma eu me du da 放在心裡

韓國人天天會用到的
韓語短句

回應他人

● 是嗎？
그래요?
geu rae yo

그렇다	geu reo ta 那樣

● 沒錯。
틀림없어요.
teul li meop sseo yo

틀림없다	teul li meop tta 沒錯／正確

● 當然囉。
당연하지요.
dang yeon ha ji yo

당연하다	dang yeon ha da 當然

- 沒問題。
  문제 없어요.
  mun je eop sseo yo

문제	mun je 問題

- 真的嗎?
  정말인가요?
  jeong ma rin ga yo

정말	jeong mal 真的

- 知道了。
  알겠어요.
  al kke sseo yo

알다	al tta 知道／明白

韓國人天天會用到的
韓語短句

- 我也是。
  저도요.
  jeo do yo

저	jeo 我(나的謙語)
도	do 也

- 怪不得…。
  어쩐지...
  eo jjeon ji

어쩐지	eo jjeon ji 難怪/不知怎麼回事

- 確實如此。
  확실히 그래요.
  hwak ssil hi geu rae yo

확실히	hwak ssil hi 確實地

● 就是這個意思。
  그게 말이죠.
  geu ge ma ri jyo

말	mal 話

● 我想可能是吧。
  그럴 거예요.
  geu reol geo ye yo

그렇다	geu reo ta 那樣

● 還是老樣子。
  그저 그래요.
  geu jeo geu rae yo

그저	geu jeo 還是／只是

● 那倒也是。
그건 그래요.
geu geon geu rae yo

그건	geu geon 그것은的略語

● 正好合適。
딱 맞아요.
ttak ma ja yo

딱	ttak 正好
맞다	mat tta 合適／配得上

● 原來如此！
그렇군요.
geu reo ku nyo

그렇다	geu reo ta 那樣

● 太好了。
정말 잘 됐어요.
jeong mal jjal ttwae sseo yo

잘	jal 好好地

● 照您所希望的來辦吧。
좋을대로 하세요.
jo eul ttae ro ha se yo

좋다	jo ta 好/喜歡

● 老實説…。
사실대로 말하면…
sa sil dae ro mal ha myeon

사실	sa sil 事實

韓國人天天會用到的
韓語短句

- 我早就知道了。
  난 벌써부터 알고 있었어요.
  nan beol sseo bu teo al kko i sseo sseo yo

벌써	beol sseo 已經
알다	al tta 知道

- 我馬上就去。
  금방 갈게요.
  geum bang gal kke yo

금방	geum bang 馬上
가다	ga da 去

- 是嗎？
  그렇습니까?
  geu reo sseum ni kka

그렇다	geu reo ta 那樣／那麼

● 那當然。
그럼요.
geu reo myo

그럼	geu reom 當然／是啊

● 那當然。
물론요.
mul lo nyo

물론	mul lon 當然／不用說

● 是的／沒錯。
맞아요.
ma ja yo

맞다	mat tta 正確

韓語人天天會用到的
韓語短句

● 不對。
  틀려요.
  teul lyeo yo

틀리다	teul li da 錯誤／不對

● 這個嘛…。
  글쎄요.
  geul sse yo

글쎄	geul sse 很難說

● 坦白說…。
  솔직히 말씀 드리면...
  sol jji ki mal sseum deu ri myeon

솔직히	sol jji ki 坦誠地

否認

- 不是我。
  저 아니에요.
  jeo a ni e yo

저	jeo 我（나的謙語）

- 不知道。
  몰라요.
  mol la yo

모르다	mo reu da 知道

- 沒什麼。
  아무것도 아니에요.
  a mu geot tto a ni e yo

아무	a mu 什麼／任何

韓國人天天會用到的
韓語短句

- 不可能。
  불가능해요.
  bul ga neung hae yo

불가능	bul ga neung 不可能

- 我沒看見。
  못 봤어요.
  mot bwa sseo yo

못	mot 表否定
보다	bo da 見

- 那不是我做得。
  내가 한 짓이 아니에요
  nae ga han ji si a ni e yo

짓	jit 壞的行為

爭吵

- 夠了！
  그만해요!
  geu man hae yo

그만	geu man 到此為止

- 閉嘴！
  입 다물어요!
  ip da mu reo yo

입	ip 嘴
다물다	da mul da 閉(嘴)

- 我生氣了。
  열 받아요.
  yeol ba da yo

열을 받다	yeo reul ppat tta 生氣／上火

- 別説那種離譜的話。（非敬語用法）
  말도 안 되는 소리 하지 마라.
  mal tto an doe neun so ri ha ji ma ra

소리	so ri 聲音／話

- 滾開！（非敬語用法）
  꺼져 버려.
  kkeo jeo beo ryeo

꺼지다	kkeo ji da 滾開／消失

- 出去！（非敬語用法）
  나가!
  na ga

나가다	na ga da 出去

- **真煩！**
  정말 짜증나요!
  jeong mal jja jeung na yo

짜증나다	jja jeung na da 心煩

- **走著瞧！（非敬語用法）**
  두고 보자.
  du go bo ja

두다	du da 放／擱置

- **別裝蒜。**
  시치미 떼지 말아요.
  si chi mi tte ji ma ra yo

시치미를 떼다	si chi mi reul tte da 假裝不知

韓國人天天會用到的
韓語短句

- 你休想。
  꿈도 꾸지 마요.
  kkum do kku ji ma yo

꿈	kkum 夢／夢想
꾸다	kku da 做(夢)

- 別騙我。
  절 속이지 말아요.
  jeol so gi ji ma ra yo

속이다	so gi da 使…受騙

- 別大吼大叫。
  큰 소리 치지 마요.
  keun so ri chi ji ma yo

크다	keu da 大
소리를 치다	so ri reul chi da 喊叫

- 別囉嗦。
  잔소리 하지 마세요.
  jan so ri ha ji ma se yo

잔소리	jan so ri 廢話／囉嗦

- 你給我仔細聽好。
  내 말 똑바로 들어요.
  nae mal ttok ppa ro deu reo yo

똑바로	ttok ppa ro 如實／正直
듣다	deut tta 聽

- 你不要惹我。
  나를 건드리지 마세요.
  na reul kkeon deu ri ji ma se yo

건드리다	geon deu ri da 招惹／觸犯

韓國人天天會用到的
韓語短句

- 你吼什麼？
  왜 소린 지르고 그래요?
  wae so rin ji reu go geu rae yo

소리	so ri 聲音
지르다	ji reu da 喊叫

- 少管閒事。
  남의 일에 참견하지 마세요.
  na mui i re cham gyeon ha ji ma se yo

남	nam 別人／他人
참견하다	cham gyeon ha da 干預

- 不要插手。
  끼어들지 마세요.
  kki eo deul jji ma se yo

끼어들다	kki eo deul tta 插手／干預

● 你太過分了。
정말 너무해요.
jeong mal neo mu hae yo

정말	jeong mal 真的
너무하다	neo mu ha da 過分

● 你想打架嗎？
나랑 싸울래요?
na rang ssa ul lae yo

싸우다	ssa u da 打架／吵架

● 我跟他沒完。
난 그만 두지 않을래요.
nan geu man du ji a neul lae yo

두다	du da 放／擱置
그만	geu man 到此為止

韓國人天天會用到的
韓語短句

- 誰怕誰呀。
  누가 무서워할 줄 알고.
  nu ga mu seo wo hal jjul al kko

무서워하다	mu seo wo ha da 害怕

- 你找死啊？（非敬語用法）
  너 죽을래?
  neo ju geul lae

너	neo 你
죽다	juk tta 死

- 你別裝傻。
  모르는 척 하지 마세요.
  mo reu neun cheok ha ji ma se yo

모르다	mo reu da 不知道

● 你吃錯什麼了嗎？
  뭐 잘못 먹었어요?
  mwo jal mot meo geo sseo yo

잘못	jal mot 錯誤地

● 別和我說那個。（非敬語用法）
  그따위로 나한테 말하지마.
  geu tta wi ro na han te mal ha jji ma

따위	tta wi 之類
말하다	mal ha tta 說

韓國人天天會用到的
韓語短句

責備

● 我就知道會這樣。
내가 이럴 줄 알았어요.
nae ga i reol jul a ra sseo yo

이렇다	i reo ta 這樣

● 話不可以亂說。
말을 함부로 하면 안 돼요.
ma reul ham bu ro ha myeon an dwae yo

함부로	ham bu ro 隨便／隨意

● 你說話注意點。
말 조심하세요!
mal jjo sim ha se yo

말	mal 話
조심하다	jo sim ha da 小心

- 真不像話。
  정말 말도 안 돼요.
  jeong mal mal tto an dwae yo

말이 안 되다	ma ri an doe da 說不過去

- 你別頂嘴。
  말대꾸 하지 마세요.
  mal ttae kku ha ji ma se yo

말대꾸	mal ttae kku 回嘴／頂嘴

- 你別說謊。
  거짓말 하지 마세요.
  geo jin mal ha ji ma se yo

거짓말	geo jin mal 謊話

韓國人天天會用到的
韓語短句

- 別吵了！
  떠들지 말아요!
  tteo deul jji ma ra yo

떠들다	tteo deul tta 吵鬧／喧嘩

- 你別胡說八道！
  헛소리 하지 마요!
  heot sso ri ha ji ma yo

헛소리	heot sso ri 胡説／瞎説

- 你看看你自己做得蠢事。（非敬語用法）
  네가 한 짓거리를 좀 봐.
  ni ga han jit kkeo ri reul jjom bwa

짓거리	jit kkeo ri 壞事／勾當

命令他人

- 請過來這裡。
  이리 와 보세요.
  i ri wa bo se yo

이리	i ri 這裡／這邊
오다	o da 來

- 請安靜!
  조용하세요!
  jo yong ha se yo

조용하다	jo yong ha da 安靜

- 現在馬上!(非敬語用法)
  지금 당장!
  ji geum dang jang

지금	ji geum 現在
당장	dang jang 馬上

韓國人天天會用到的
韓語短句

- **聽我的話！（非敬語用法）**
  내 말만 들어.
  nae mal man deu reo

내	nae 我的
듣다	deut tta 聽

- **請坐這裡。**
  이리 앉으세요.
  i ri an jeu se yo

앉다	an da 坐

- **你嚐嚐看。**
  먹어봐요.
  meo geo bwa yo

먹다	meok tta 吃

● 別猶豫。
망설이지 마요.
mang seo ri ji ma yo

망설이다	mang seo ri da 猶豫／躊躇

● 你繼續說。
계속 말해봐요.
gye sok mal hae ppwa yo

계속	gye sok 一直
말하다	mal ha tta 說

● 請排隊。
줄을 서세요.
ju reul sseo se yo

줄을 서다	ju reul sseo da 排隊

韓國人天天會用到的
韓語短句

- 請降低音量。
  소리 좀 낮추세요.
  so ri jom nat chu se yo

소리	so ri 聲音
낮추다	nat chu da 降低／壓低

- 請還給我。
  돌려줘요.
  dol lyeo jwo yo

돌려주다	dol lyeo ju da 歸還

- 請稍等
  잠시만요.
  jam si ma nyo

잠시	jam si 暫時

● 你快挑一個。
얼른 하나 골라봐요.
eol leun ha na gol la bwa yo

얼른	eol leun 趕快
고르다	go reu da 挑選

● 你不要動。
가만 있어 봐요.
ga man i sseo bwa yo

가만	ga man 慢著／就那樣

● 你老實說。
사실대로 말해 봐요.
sa sil dae ro mal hae bwa yo

사실	sa sil 事實

驚訝／意外

- 哎呀！
  어마나!
  eo ma na

어마나	eo meo na 天哪／唉呀

- 天啊！
  세상에!
  se sang e

세상	se sang 世界

- 什麼？
  뭐?
  mwo

뭐	mwo 什麼

- 真意外！
  뜻밖이네요.
  tteut ppa kki ne yo

뜻밖	tteut ppak 意外

- 我做夢也沒想到。
  꿈에도 생각 못했어요.
  kku me do saeng gak mo tae sseo yo

생각	saeng gak 思考／想法

- 怎麼會有這種事呢？
  그런 일이 어떻게 있을 수 있죠?
  geu reon i ri eo tteo ke i sseul ssu it jjyo

그런	geu reon 那樣的
일	il 事情

韓國人天天會用到的
韓語短句

驚嚇

- 嚇我一跳！（非敬語用法）
  깜짝이야!
  kkam jja gi ya

깜짝	kkam jjak 嚇一跳

- 嚇了我一跳！
  깜짝 놀랐어요.
  kkam jjak nol la sseo yo

놀라다	nol la da 驚嚇

- 嚇死我了。
  간 떨어지겠네.
  gan tteo reo ji gen ne

간이 떨어지다	ga ni tteo reo ji da 嚇破膽

關心

- 你今天有什麼事嗎？
  오늘 무슨 일이 있었어요?
  o neul mu seun i ri i sseo sseo yo

오늘	o neul 今天

- 發生了什麼事情嗎？
  무슨 일 생겼어요?
  mu seun il saeng gyeo sseo yo

생기다	saeng gi da 產生／發生

- 是因為什麼事情呢？
  무슨 일 때문에 그래요?
  mu seun il ttae mu ne geu rae yo

무슨	mu seun 什麼的

韓國人天天會用到的
韓語短句

- 你有什麼煩心事嗎？
  무슨 걱정거리라도 있어요?
  mu seun geok jjeong geo ri ra do i sseo yo

걱정거리	geok jjeong geo ri 擔憂的事

- 你的父母安好嗎？
  부모님께서는 별고 없으십니까?
  bu mo nim kke seo neun byeol go eop sseu sim ni kka

부모님	bu mo nim 父母親
별고	byeol go 特別事故／欠佳

- 你沒什麼事吧？
  별일 없죠?
  byeol il eop jjyo

별일	byeo ril 別的事

● 你怎麼在這？哪裡不舒服嗎？
　왜 여기 있어요? 어디 아파요?
　wae yeo gi i sseo yo eo di a pa yo

여기	yeo gi 這裡
아프다	a peu da 痛／不舒服

● 謝謝你的關心。
　신경 써 주셔서 고마워요.
　sin gyeong sseo ju syeo seo go ma wo yo

신경을 쓰다	sin gyeong eul sseu da 費心
고맙다	go map tta 謝謝

● 您最近身體還好嗎？
　요즘 몸은 괜찮으세요?
　yo jeum mo meun gwaen cha neu se yo

몸	mom 身體

韓國人天天會用到的
韓語短句

● 感覺如何？
느낌이 어떠세요?
neu kki mi eo tteo se yo

느낌	neu kkim 感覺

● 好多了嗎？
많이 나아졌어요?
ma ni na a jeo sseo yo

나아지다	na a ji da 康復／好轉

安慰／鼓勵

- 別灰心。
  낙심하지 말아요.
  nak ssim ha ji ma ra yo

낙심하다	nak ssim ha da 灰心

- 別害怕！
  겁먹지 말아요.
  geom meok jji ma ra yo

겁먹다	geom meok tta 恐懼／害怕

- 請冷靜！
  진정하세요!
  jin jeong ha se yo

진정하다	jin jeong ha da 鎮靜／冷靜

韓國人天天會用到的
韓語短句

● 一定會沒事的。
꼭 괜찮아질 거예요.
kkok gwaen cha na jil geo ye yo

꼭	kkok 一定
괜찮다	gwaen chan ta 沒關係

● 別緊張。
긴장하지 말아요.
gin jang ha ji ma ra yo

긴장하다	gin jang ha da 緊張

● 請忍忍吧!
좀 참으세요.
jom cha meu se yo

참다	cham da 忍耐

- 別太難過了。
  너무 슬퍼하지 마요.
  neo mu seul peo ha ji ma yo

슬퍼하다	seul peo ha da 哀傷／傷心

- 打起精神來！
  정신 좀 차려요!
  jeong sin jom cha ryeo yo

정신	jeong sin 精神
정신을 차리다	jeong si neul cha ri da 打起精神

- 我會全力支持你的。
  내가 팍팍 밀어줄게요.
  nae ga pak pak mi reo jul ge yo

밀다	mil da 推

- 我不會丟下你不管的。（非敬語用法）
  너만 빼놓지는 않을 거야.
  neo man ppae no chi neun a neul kkeo ya

빼놓다	ppae no ta 漏掉／漏下

- 你應該好好休息。
  푹 쉬어야 해요.
  puk swi eo ya hae yo

푹	puk 沉／好好地
쉬다	swi da 休息

- 再忙也要吃飯啊！
  아무리 바빠도 밥은 먹어야 지요.
  a mu ri ba ppa do ba beun meo geo ya ji yo

아무리	a mu ri 不管怎樣
바쁘다	ba ppeu da 忙
밥	bap 飯

● 不要太勉強自己了。
너무 무리하지 마세요.
neo mu mu ri ha ji ma se yo

무리하다	mu ri ha da 過分／勉強

● 一點也不麻煩。
복잡한 게 하나도 없어요.
bok jja pan ge ha na do eop sseo yo

복잡하다	bok jja pa da 複雜

● 沒受傷吧？
어디 다친 데 없어요?
eo di da chin de eop sseo yo

어디	eo di 哪裡
다치다	da chi da 受傷

韓國人天天實用到的
韓語短句

- 別擔心，不會錯的。
  걱정 마세요. 틀림 없다니까요.
  geok jjeong ma se yo teul lim eop tta ni kka yo

걱정	geok jjeong 擔心／憂慮
틀림	teul lim 偏差／錯誤

- 這件事包在我的身上。
  저한테 맡기세요.
  jeo han te mat kki se yo

맡기다	mat kki da 交由／寄放

拒絕他人

● 不需要。
필요 없어요.
pi ryo eop sseo yo

필요	pi ryo 需要

● 改天吧。
나중에.
na jung e

나중	na jung 以後／後來

● 不用了。
됐어요.
dwae sseo yo

되다	doe da 算了／可以

韓國人天天會用到的
韓語短句

- 我沒時間。
  시간 없어요.
  si gan eop sseo yo

시간	si gan 時間

- 我辦不到。
  난 그렇게 못해요.
  nan geu reo ke mo tae yo

못하다	mo ta da 不會／不能

- 我有事要做。
  할 일이 있어요.
  hal i ri i sseo yo

일	il 事情

● 我拒絕。
거절합니다.
geo jeol ham ni da

거절하다	geo jeol ha da 拒絕

● 我真的辦不到。
저는 정말 못하겠습니다.
jeo neun jeong mal mo ta get sseum ni da

못하다	mo ta da 不會／不能

● 我不想做。
하고 싶지 않아요.
ha go sip jji a na yo

하다	ha da 做

擔心

● 要擔心的事很多。
걱정이 태산이에요.
geok jjeong i tae sa ni e yo

걱정	geok jjeong 擔心／擔憂
태산	tae san 泰山／高大的山

● 別擔心。
걱정하지 마세요.
geok jjeong ha ji ma se yo

걱정하다	geok jjeong ha da 擔心

● 怎麼辦？
어떡하지요?
eo tteo ka ji yo

어떡하다	eo tteo ka da 怎麼做（어떠하게 하다的略語）

● 怎麼辦？好擔心！
어떡해요? 너무 걱정돼요.
eo tteo kae yo neo mu geok jjeong dwae yo

너무	neo mu 太／很

● 不需要為那種事情煩惱。
그런 일로 고민할 필요가 없어요.
geu reon il lo go min hal pi ryo ga eop sseo

일	il 事情

● 有什麼好擔心的？
걱정할 게 뭐가 있어?
geok jjeong hal kke mwo ga i sseo

뭐	mwo 什麼

韓國人天天會用到的
韓語短句

● 你別想歪了。
비뚤게 생각하지 마세요.
bi ttul ge saeng ga ka ji ma se yo

비뚤다	bi ttul da 歪／斜

● 千萬別誤會。
제발 오해하지 마세요.
je bal o hae ha ji ma se yo

제발	je bal 千萬
오해하다	o hae ha da 誤會

● 我無話可說。
전 할 말이 없어요.
jeon hal ma ri eop sseo yo

말	mal 話
없다	eop tta 沒有

● 我不是故意的。
일부러 한 거 아니에요.
il bu reo han geo a ni e yo

일부러	il bu reo 故意

● 你不會怪我吧？
혹시 날 원망하지는 않겠죠?
hok ssi nal won mang ha ji neun an ket jjyo

혹시	hok ssi 也許／如果
원망하다	won mang ha da 埋怨／怨恨

● 絕對沒有那種事。
그런 일은 절대 없어요.
geu reon i reun jeol dae eop sseo yo

그런	geu reon 那種
절대	jeol dae 絕對

韓國人天天會用到的
韓語短句

- 那不是真的。
  그건 사실이 아니에요.
  geu geon sa si ri a ni e yo

그건	geu geon 그것은的略語

- 我不是那個意思。
  그런 뜻이 아니에요.
  geu reon tteu si a ni e yo

뜻	tteut 意思／意義

- 都是我的錯。
  다 제 탓입니다.
  da je ta sim ni da

다	da 全部／都
탓	tat 緣故／怪

祝賀／祝福

- 恭喜你。
축하해요.
chu ka hae yo

축하하다	chu ka ha da 祝賀

- 生日快樂！
생일 축하합니다!
saeng il chu ka ham ni da

생일	saeng il 生日

- 新婚快樂！
결혼을 축하합니다!
gyeol ho neul chu ka ham ni da

결혼	gyeol hon 結婚

韓國人天天會用到的
韓語短句

- 一路保重。
  가시는 길 조심하세요.
  ga si neun gil jo sim ha se yo

길	gil 路
조심하다	jo sim ha da 小心

- 祝你逛街愉快。
  즐거운 쇼핑하세요.
  jeul kkeo un syo ping ha se yo

즐겁다	jeul kkeop tta 愉快／開心
쇼핑하다	jeul kkeop tta 購物

憂鬱／難過

Track 056

● 最近很憂鬱。
요즘 우울해요.
yo jeum u ul hae yo

요즘	yo jeum 最近
우울하다	u ul ha da 憂鬱

● 煩死了。
지겨워 죽겠어요.
ji gyeo wo juk kke sseo yo

지겹다	ji gyeop tta 煩人／受夠了

● 別提了。
말도 마세요.
mal tto ma se yo

말	mal 話

韓國人天天會用到的
韓語短句

- 我出醜了。
  망신 당했어요.
  mang sin dang hae sseo yo

망신	mang sin 丟臉／丟人
당하다	dang ha da 遭遇

- 整個糟透了。
  완전히 엉망이 되었어요.
  wan jeon hi eong mang i doe eo sseo yo

완전히	wan jeon hi 完全地
엉망	eong mang 亂七八糟

- 我沒臉見您了。
  정말 뵐 낯이 없습니다.
  jeong mal ppoel na chi eop sseum ni da

뵈다	boe da 看／見（面對長輩時使用）
낯	nat 臉／顏面

- 白忙一場了。
  헛수고 했어요.
  heot ssu go hae sseo yo

헛수고	heot ssu go 白費勁／白辛苦

- 我很失望。
  실망이에요.
  sil mang i e yo

실망	sil mang 失望

- 你看來很憂鬱呢！
  얼굴이 우울해 보이네요.
  eol gu ri u ul hae bo i ne yo

얼굴	eol gul 臉
보이다	bo i da 看起來

韓國人天天會用到的
韓語短句

表達觀點

- 我覺得…。
  제 생각엔...
  je saeng ga gen

생각	saeng gak 想法

- 我也是那麼想的。
  저도 그렇게 생각해요.
  jeo do geu reo ke saeng ga kae yo

그렇다	geu reo ta 那樣

- 我贊成。
  찬성해요.
  chan seong hae yo

찬성하다	chan seong ha da 贊成

● 我反對。
반대해요.
ban dae hae yo

반대하다	ban dae ha da 反對

● 我同意。
동의해요.
dong ui hae yo

동의하다	dong ui ha da 同意

● 我贊成這個提案。
이 제안을 찬성해요.
i je a neul chan seong hae yo

제안	je an 提案

- 我支持那個政策。
  그 정책을 지지합니다.
  geu jeong chae geul jji ji ham ni da

정책	jeong chaek 政策

- 這個提案我反對。
  이 제안은 반대해요.
  i je a neun ban dae hae yo

이	i 這(個)

- 為什麼反對呢？
  왜 반대 합니까?
  wae ban dae ham ni kka

왜	wae 為什麼

● 我不贊成。
찬성하지 않아요.
chan seong ha ji a na yo

~ 지 않다	ji an ta 不(表否定)

● 太遲了。
너무 늦었어요.
neo mu neu jeo sseo yo

늦다	neut tta 晩／遲

● 這主意不壞。
나쁜 생각이 아니네요.
na ppeun saeng ga gi a ni ne yo

나쁘다	na ppeu da 壞／不好

● 我不是這麼想的。
  저는 그렇게 생각하지 않는데요.
  jeo neun geu reo ke saeng ga ka ji an neun de yo

생각하다	saeng ga ka da 想／認為

● 你換個立場想想。
  입장을 바꿔 생각해 봐요.
  ip jjang eul ppa kkwo saeng ga kae bwa yo

입장	ip jjang 立場
바꾸다	ba kku da 交換／更換

● 太浪費了吧？
  너무 낭비 하는 거 아니에요?
  neo mu nang bi ha neun geo a ni e yo

너무	neo mu 太／很
낭비	nang bi 浪費

- 我的想法是這樣的。
  제 생각은 이렇습니다.
  je saeng ga geun i reo sseum ni da

생각	saeng gak 想法

- 這是我個人的意見。
  이건 제 개인적인 의견입니다.
  i geon je gae in jeo gin ui gyeo nim ni da

개인적	gae in jeok 個人的
의견	ui gyeon 意見

- 以我的判斷來看…。
  제 판단으로는...
  je pan da neu ro neun

판단	pan dan 判斷

韓國人天天會用到的
韓語短句

稱讚

● **真漂亮。**
정말 예뻐요.
jeong mal ye ppeo yo

예쁘다	ye ppeu da 漂亮

● **好酷！（非敬語用法）**
아주 멋지다.
a ju meot jji da

멋지다	meot jji da 好看／帥氣

● **太了不起了！**
너무 훌륭해요.
neo mu hul lyung hae yo

훌륭하다	hul lyung ha da 了不起／出色

- 好帥！（非敬語用法）
  멋있다!
  meo sit tta

멋있다	meo sit tta 帥氣／漂亮

- 你過獎了。
  과찬이에요.
  gwa cha ni e yo

과찬	gwa chan 過獎

- 真了不起。
  정말 대단해요.
  jeong mal ttae dan hae yo

대단하다	dae dan ha da 厲害／了不起

韓國人天天會用到的
韓語短句

感受

● 太難了。
너무 어려워요.
neo mu eo ryeo wo yo

어렵다	eo ryeop tta 難

● 熱死了。
더워 죽겠어요.
deo wo juk kke sseo yo

덥다	deop tta 熱
죽다	juk tta 死

● 冷死了。
추워 죽겠어요.
chu wo juk kke sseo yo

춥다	chup tta 冷

- 好很多了。
  많이 나아졌어요.
  ma ni na a jeo sseo yo

많이	ma ni 多
나아지다	na a ji da 好起來／好轉

- 真倒楣。
  정말 재수 없어요.
  jeong mal jjae su eop sseo yo

재수	jae su 運氣

- 太俗氣了。
  너무 촌스러워요.
  neo mu chon seu reo wo yo

촌스럽다	chon seu reop tta 俗氣／土氣

韓國人天天會用到的
韓語短句

- 真可憐。
  정말 불쌍해요.
  jeong mal ppul ssang hae yo

불쌍하다	bul ssang ha da 可憐

- 我厭煩了。
  난 싫증이 났어요.
  nan sil cheung i na sseo yo

싫증	sil cheung 厭倦／厭煩
싫증이 나다	sil cheung i na da 生厭

- 真好笑。
  정말 웃겨요.
  jeong mal ut kkyeo yo

웃기다	ut kki da 好笑／可笑

- 真肉麻呀！
  진짜 닭살이네요.
  jin jja dak ssa ri ne yo

진짜	jin jja 真的
닭살	dak ssal 雞皮疙瘩

- 無聊死了。
  심심해 죽겠어요.
  sim sim hae juk kke sseo yo

심심하다	sim sim ha da 無聊

- 真令人感動。
  정말 감동적이에요.
  jeong mal kkam dong jeo gi e yo

감동적	gam dong jeok 感動的

韓國人天天會用的
韓語短句

- **太悲慘了。**
  너무 비참해요.
  neo mu bi cham hae yo

비참하다	bi cham ha da 悲慘

- **這太容易了。**
  이건 너무 쉬워요.
  i geon neo mu swi wo yo

쉽다	swip tta 容易

- **那個人真討厭。**
  그 인간 정말 싫어요.
  geu in gan jeong mal ssi reo yo

인간	in gan 人類／人
싫다	sil ta 討厭

● 我快餓死了。
  배고파 죽겠어요.
  bae go pa juk kke sseo yo

배	bae 肚子
고프다	go peu da 餓

● 太善良了。
  너무 착해요.
  neo mu cha kae yo

착하다	cha ka da 善良／乖

● 很適合我。
  저한테 딱 맞아요.
  jeo han te ttak ma ja yo

딱	ttak 正好
맞다	mat tta 合適

- 真舒服。
  참 편해요.
  cham pyeon hae yo

참	cham 真
편하다	pyeon ha da 舒適

- 真幸福。
  너무 행복해요.
  neo mu haeng bo kae yo

행복하다	haeng bo ka da 幸福

- 你有點不對勁。
  너 뭔가 좀 이상해요.
  neo mwon ga jom i sang hae yo

이상하다	i sang ha da 奇怪

● 比想像得還困難。
생각보다 어렵네요.
saeng gak ppo da eo ryeom ne yo

생각	saeng gak 想法／思考
어렵다	eo ryeop tta 難

● 不怎麼好玩。
별로 재미없어요.
byeol lo jae mi eop sseo yo

별로	byeol lo 不太／不怎麼
재미없다	jae mi eop tta 無趣／不好玩

● 累死了。
피곤해 죽겠어요.
pi gon hae juk kke sseo yo

피곤하다	pi gon ha da 疲倦／疲憊

267

開心

 Track 060

● 今天心情真好。
오늘은 기분이 참 좋아요.
o neu reun gi bu ni cham jo a yo

기분	gi bun 心情

● 有什麼好事情嗎？
무슨 좋은 일이라도 있어요?
mu seun jo eun i ri ra do i sseo yo

좋다	jo ta 好

● 興奮。
신나요.
sin na yo

신나다	sin na da 開心／興奮

● 很幸福。
  행복해요.
  haeng bo kae yo

행복하다	haeng bo ka da 幸福

● 心情很好。
  기분이 짱이네요.
  gi bu ni jjang i ne yo

기분	gi bun 心情

● 真是謝天謝地。
  천만 다행이에요.
  cheon man da haeng i e yo

천만	cheon man 不勝／萬分
다행	da haeng 幸虧／幸好

韓國人天天會用到的
韓語短句

- **這不是做夢吧？**
  이건 꿈이 아니죠?
  i geon kku mi a ni jyo

꿈	kkum 夢

- **真是個好消息呢！**
  정말 좋은 소식이네요.
  jeong mal jjo eun so si gi ne yo

소식	so sik 消息

- **哇，真的太棒了。**
  와! 정말 잘 됐네요.
  wa jeong mal jjal ttwaen ne yo

정말	jeong mal 真的

不滿

- 不公平。
  불공평해요.
  bul gong pyeong hae yo

불공평	bul gong pyeong 不公平

- 別催我了。
  재촉하지 말아요.
  jae cho ka ji ma ra yo

재촉하다	jae cho ka da 催促

- 真鬱悶。
  정말 답답해요.
  jeong mal ttap tta pae yo

답답하다	dap tta pa da 鬱悶/著急

● 別欺負我。
  절 괴롭히지 말아요.
  jeol goe ro pi ji ma ra yo

괴롭히다	goe ro pi da 折磨／欺負

● 我再也無法忍受了。
  더 이상 참을 수 없어요.
  deo i sang cha meul ssu eop sseo yo

이상	i sang 以上
참다	cham da 忍耐

● 真遺憾。
  정말 아쉬워요.
  jeong mal a swi wo yo

아쉽다	a swip tta 可惜／遺憾

- 你別這樣斤斤計較。
  시시콜콜 따지지 마세요.
  si si kol kol tta ji ji ma se yo

따지다	tta ji da 追問/追究

- 你以為我想這樣啊？
  내가 하고 싶어서 하는지 알아?
  nae ga ha go si peo seo ha neun ji a ra

알다	al tta 知道/以為

- 為什麼只指使我？
  왜 저만 시켜요?
  wae jeo man si kyeo yo

왜	wae 為什麼
시키다	si ki da 使喚

韓國人天天會用到的
韓語短句

- 你為什麼老是欺負我？
  왜 자꾸 저를 구박하세요?
  wae ja kku jeo reul kku ba ka se yo

자꾸	ja kku 老是
구박하다	gu ba ka da 折磨／虐待

- 你為什麼對我發火？
  왜 저한테 화내고 그러세요?
  wae jeo han te hwa nae go geu reo se yo

화내다	hwa nae da 生氣

- 你生什麼氣？誰惹你了？
  왜 성질 내고 그래요? 누가 건드렸어요?
  wae seong jil nae go geu rae yo nu ga geon deu ryeo sseo yo

성질	seong jil 性格
성질을 내다	seong jil eul nae da 發脾氣

- 你幹嘛明知故問？
  알면서 왜 물어요?
  al myeon sseo wae mu reo yo

묻다	mut tta 問

- 不能就這麼算了。
  그냥 넘어갈 수 없어요.
  geu nyang neo meo gal ssu eop sseo yo

그냥	geu nyang 就那樣
넘어가다	neo meo ga da 過去

- 你為什麼不早說呢？
  왜 미리 얘기 안 했어요?
  wae mi ri yae gi an hae sseo yo

미리	mi ri 預先

- 有什麼好笑的？
  웃기는 왜 웃어요?
  ut kki neun wae u seo yo

웃다	ut tta 笑

- 請不要為難我。
  사람 난처하게 하지 마세요.
  sa ram nan cheo ha ge ha ji ma se yo

사람	sa ram 人
난처하다	nan cheo ha da 為難／難堪

- 你這是在幹嘛？（非敬語用法）
  이게 무슨 짓이야?
  i ge mu seun ji si ya

짓	jit 壞的行為

- 別提起他了。
  그 사람 얘긴 하지도 마세요.
  geu sa ram yae gin ha ji do ma se yo

그 사람	geu sa ram 那個人

- 真是豈有此理。（非敬語用法）
  어떻게 이럴 수가.
  eo tteo ke i reol su ga

이렇다	i reo ta 這樣

- 你別管。
  상관하지 말아요.
  sang gwan ha ji ma ra yo

상관하다	sang gwan ha da 干預／插手

韓國人天天會用到的
韓語短句

信任

● 請相信我。
절 믿으세요.
jeol mi deu se yo

믿다	mit tta 相信

● 你還不相信嗎？
아직도 못 믿는 거예요?
a jik tto mot min neun geo ye yo

아직	a jik 仍／還

● 你覺得我會相信嗎？
내가 믿을 줄 알아요?
nae ga mi deul jjul a ra yo

믿다	mit tta 相信

● 我絕對不信。
절대 믿을 수가 없어요.
jeol dae mi deul ssu ga eop sseo yo

절대	jeol dae 絕對

● 相信我。
나만 믿어요.
na man mi deo yo

나	na 我

● 不能信賴。
신뢰할 수 없어요.
sil loe hal ssu eop sseo yo

신뢰하다	sil loe ha da 信賴

- **不敢相信！**
  믿어지지 않아요.
  mi deo ji ji a na yo

~ 지 않다	ji an ta 不(表否定)

- **簡直難以置信！**
  진짜 못 믿겠어요!
  jin jja mot mit kke sseo yo

진짜	jin jja 真的

忘記

● 我忘記了。
제가 까먹었어요.
je ga kka meo geo sseo yo

까먹다	kka meok tta 拋到腦後／忘光光

● 絕對不可以忘記。
절대로 잊지 마세요.
jeol dae ro it jji ma se yo

절대	jeol dae 絕對

● 我差點忘了。
잊을 뻔했어요.
i jeul ppeon hae sseo yo

잊다	it tta 忘記

嘗試

- 試看看囉！
  한 번 해 보지요.
  han beon hae bo ji yo

한 번	han beon 一次

- 別錯失機會。
  기회를 놓치지 마세요.
  gi hoe reul not chi ji ma se yo

기회	gi hoe 機會
놓치다	not chi da 錯失／放走

- 我試試看。
  제가 한 번 해보겠습니다.
  je ga han beon hae bo get sseum ni da

한 번 해보다	han beon hae bo da 試試

邀人談話

● 你有話要對我說嗎?
나한테 할 말이 있어요?
na han te hal ma ri i sseo yo

나	na 我

● 您是在跟我說話嗎?
저한테 말씀하시는 거예요?
jeo han te mal sseum ha si neun geo ye yo

말씀하다	mal sseum ha da 説話(말하다的敬語)

● 我不是說過了嗎?
이미 얘기했잖아요.
i mi yae gi haet jja na yo

이미	i mi 已經
얘기하다	yae gi ha da 説事情

283

韓國人天天會用到的
韓語短句

- **能抽點時間給我嗎？**
  시간을 좀 내주실 수 있어요?
  si ga neul jjom nae ju sil su i sseo yo

시간	si gan 時間
시간을 내다	si ga neul nae da 抽時間

- **下次見面再聊吧。**
  다음에 만나서 얘기합시다.
  da eu me man na seo yae gi hap ssi da

다음	da eum 下一個
만나다	man na da 見面

- **剛才説到哪了？**
  방금 어디까지 이야기했어요?
  bang geum eo di kka ji i ya gi hae sseo yo

방금	bang geum 剛剛
어디	eo di 哪裡

● 你不說我也知道。
  말 안 해도 알아요.
  mal an hae do a ra yo

안	an 不(表否定)
알다	al tta 知道

● 我能老實說嗎？
  솔직히 얘기해도 돼요?
  sol jji ki yae gi hae do dwae yo

솔직히	sol jji ki 老實

● 算了，別再說了。
  됐어요. 얘기 그만해요.
  dwae sseo yo yae gi geu man hae yo

얘기	yae gi 故事／話(이야기的略語)

- 不能説點別的嗎？
  다른 것을 얘기하면 안 될까요?
  da reun geo seul yae gi ha myeon an doel kka yo

다른	da reun 別的
되다	doe da 可以／行

- 明天再説好嗎？
  내일 얘기하면 안 될까요?
  nae il yae gi ha myeon an doel kka yo

내일	nae il 明天

- 我説得沒錯吧？
  내 말이 틀림없죠?
  nae ma ri teul li meop jjyo

내	nae 我的
틀림없다	teul li meop tta 沒錯

● 我有話要説。
저 할 말이 있어요.
jeo hal ma ri i sseo yo

말			mal 話

● 説給我聽吧。
얘기 좀 해줘요.
yae gi jom hae jwo yo

좀	jom 表示委婉的要求或命令

● 待會再説吧。
이따가 얘기합시다.
i tta ga yae gi hap ssi da

이따가	i tta ga 等一下
얘기하다	yae gi ha da 説事情

韓國人天天會用到的
韓語短句

無法理解

- 能説明一下嗎?
  좀 설명해 주실 수 있어요?
  jom seol myeong hae ju sil su i sseo yo

설명하다	seol myeong ha da 説明

- 你説什麼?你再説一遍。
  뭐라고요? 다시 말해줘요.
  mwo ra go yo da si mal hae jjwo yo

다시	da si 再次

- 你説什麼?我聽不到。
  뭐라고요? 잘 안 들려요.
  mwo ra go yo jal an deul lyeo yo

잘	jal 好好地
들리다	deul li da 聽見

288

● 你説的是什麼意思？
무슨 소리예요?
mu seun so ri ye yo

소리	so ri 話／聲音

● 我無法理解。
이해하지 못하겠어요.
i hae ha ji mo ta ge sseo yo

이해하다	i hae ha da 理解

● 你説簡單一點。
간단하게 말해 봐요.
gan dan ha ge mal hae bwa yo

간단하다	gan dan ha da 簡單
말하다	mal ha tta 説

韓國人天天會用到的
韓語短句

- 您聽得懂我說的話嗎？
  제 말을 알아들으셨나요?
  je ma reul a ra deu reu syeon na yo

제	je 我的

- 這是什麼意思？
  그게 무슨 뜻이죠?
  geu ge mu seun tteu si jyo

뜻	tteut 意思

- 您剛才說什麼？
  방금 뭐라고 말씀하셨습니까?
  bang geum mwo ra go mal sseum ha syeot sseum ni kka

방금	bang geum 剛才

後悔

● 你會後悔的。
후회할 거예요.
hu hoe hal kkeo ye yo

후회하다	hu hoe ha da 後悔

● 後悔又有什麼用啊？
후회한들 무슨 소용이 있어요?
hu hoe han deul mu seun so yong i i sseo yo

소용	so yong 用處

● 我不知道有多後悔。
얼마나 후회했는지 모릅니다.
eol ma na hu hoe haen neun ji mo reum ni da

얼마나	eol ma na 多麼／多少
후회하다	hu hoe ha da 後悔

韓國人天天會用到的
韓語短句

- 我沒想到會這麼辛苦。
  그렇게 힘든 줄 몰랐어요.
  geu reo ke him deun jul mo ra sseo yo

힘들다	him deul tta 辛苦／費勁
모르다	mo reu da 不知道

- 我真沒想到事情會變成這樣。
  일이 이렇게 될 줄은 미처 몰랐어요.
  i ri i reo ke doel ju reun mi cheo mol la sseo yo

이렇다	i reo ta 這樣
미처	mi cheo 來不及

考慮

● 我還在考慮。
아직 생각 중이에요.
a jik saeng gak jung i e yo

아직	a jik 仍然／還
중	jung 中

● 需要思考的時間。
생각할 시간이 필요합니다.
saeng ga kal ssi ga ni pi ryo ham ni da

생각하다	saeng ga ka da 思考
시간	si gan 時間

● 必須慎重考慮。
신중히 고려해야 돼요.
sin jung hi go ryeo hae ya dwae yo

신중히	sin jung hi 慎重地
고려하다	go ryeo ha da 考慮

華語人天天會用到的
韓語短句

- 我再考慮看看。
  좀 더 생각해 볼게요.
  jom deo saeng ga kae bol ge yo

더	deo 再／更

- 我在想其他事情。
  딴 생각을 하고 있었어요.
  ttan saeng ga geul ha go i sseo sseo yo

딴	ttan 別的／另外的
생각	saeng gak 思考／想法

生氣

- 別再生氣了
  그만 화를 푸세요.
  geu man hwa reul pu se yo

풀다	pul da 消解
화를 풀다	hwa reul pul da 消氣

- 生氣了。
  화가 났어요.
  hwa ga na sseo yo

화	hwa 火／火氣
화가 나다	hwa ga na da 發火／生氣

- 今天真火大。（非敬語用法）
  나 오늘 열 받네.
  na o neul yeol ban ne

오늘	o neul 今天

韓國人天天會用到的
韓語短句

- 我真的很生氣。
  정말 화가 나요.
  jeong mal hwa ga na yo

정말	jeong mal 真的

- 快瘋了！
  정말 미치겠어요.
  jeong mal mi chi ge sseo yo

미치다	mi chi da 發瘋

- 你是不是瘋了？（非敬語用法）
  너 미친거 아니야?
  neo mi chin geo a ni ya

아니다	a ni da 不是

● 你瘋啦？（非敬語用法）
제정신이니?
je jeong si ni ni

제정신	je jeong sin（自己原本的）精神
제정신이 아니다	je jeong si ni a ni da 精神不正常

● 氣死了。
기가 막혀요.
gi ga ma kyeo yo

기가 막히다	gi ga ma ki da 生氣／呼吸不順

● 你生氣囉？（非敬語用法）
삐쳤어?
ppi cheo sseo

삐치다	ppi chi da 耍小脾氣

韓國人天天會用到的
韓語短句

韓國人天天會用到的
韓語短句

Chapter.04

우리 화제를 바꾸자.
我們換個話題吧。

聊天話題

興趣

● 你的興趣是什麼？
취미가 뭐예요?
chwi mi ga mwo ye yo

취미	chwi mi 興趣

● 我的興趣是讀書。
제 취미는 독서입니다.
je chwi mi neun dok sseo im ni da

독서	dok sseo 讀書

● 我的興趣是收集郵票。
제 취미는 우표 수집입니다.
je chwi mi neun u pyo su ji bim ni da

우표	u pyo 郵票
수집	su jip 收集／收藏

● 請問你的興趣是？
취미를 물어도 될까요?
chwi mi reul mu reo do doel kka yo

묻다	mut tta 問

● 我對政治很感興趣。
저는 정치에 깊은 관심을 갖고 있습니다.
jeo neun jeong chi e gi peun gwan si meul kkat kko it sseum ni da

정치	jeong chi 政治
관심	gwan sim 關心／關注
갖다	gat tta 帶有／具備

● 你有收集古董嗎？
골동품을 수집하십니까?
gol dong pu meul ssu ji pa sim ni kka

골동품	gol dong pum 古董
수집하다	su ji pa da 收集

韓國人天天會用到的
韓語短句

飲食料理

● 今天早上吃吐司好嗎？
오늘 아침은 토스트를 먹을까요?
o neul a chi meun to seu teu reul meo geul kka yo

토스트	to seu teu 吐司
먹다	meok tta 吃

● 慢慢吃。
천천히 먹어요.
cheon cheon hi meo geo yo

천천히	cheon cheon hi 慢慢地

● 這個真好吃，在哪裡買的？
이거 참 맛있는데 어디서 샀어요?
i geo cham ma sin neun de eo di seo sa sseo yo

참	cham 真
사다	sa da 買

- 快點吃吧。
  빨리 드세요.
  ppal li deu se yo

빨리	ppal li 快點

- 明天也吃海苔飯捲怎麼樣？
  내일도 김밥을 먹는게 어때요?
  nae il do gim ba beul meong neun ge eo ttae yo

김밥	gim bap 海苔飯捲

- 我好像沒吃過這個。
  이거 먹어본 적이 없는 것 같아요.
  i geo meo geo bon jeo gi eom neun geot ga ta yo

없다	eop tta 沒有

韓國人天天會用到的
韓語短句

- 味道怎麼樣？
  맛이 어때요?
  ma si eo ttae yo

맛	mat 味道

- 你會做泡菜嗎？
  김치를 만들 줄 알아요?
  gim chi reul man deul jjul a ra yo

김치	gim chi 泡菜
만들다	man deul tta 製作

- 您再吃一碗吧。
  한 그릇 더 드세요.
  han geu reut deo deu se yo

그릇	geu reut 碗／碗盤
더	deo 更／再

- 我吃飽了。
  저는 배불러요.
  jeo neun bae bul leo yo

배부르다	bae bu reu da 吃飽

- 去把冰箱裡的牛奶拿出來。
  냉장고에 있는 우유를 꺼내 와라.
  naeng jang go e in neun u yu reul kkeo nae wa ra

냉장고	naeng jang go 冰箱
우유	u yu 牛奶

- 請嚐嚐看味道。
  맛 좀 보세요.
  mat jom bo se yo

맛을 보다	ma seul ppo da 品嘗

- 你喜歡韓國料理嗎？
  한국요리를 좋아해요?
  han gu gyo ri reul jjo a hae yo

한국요리	han gu gyo ri 韓國料理

- 你吃過韓國料理嗎？
  한국요리를 먹어 본 적이 있나요?
  han gu gyo ri reul meo geo bon jeo gi in na yo

요리	yo ri 料理

- 你喜歡吃什麼料理？
  어떤 요리를 좋아하세요?
  eo tteon yo ri reul jjo a ha se yo

어떤	eo tteon 什麼樣的

● 我喜歡吃西餐。
전 양식을 좋아합니다.
jeon yang si geul jjo a ham ni da

양식	yang sik 西餐

● 我吃東西不挑。
저는 먹는 걸 안 가려요.
jeo neun meong neun geol an ga ryeo yo

가리다	ga ri da 區分

● 我不能吃牛肉。
저는 소고기를 못 먹습니다.
jeo neun so go gi reul mot meok sseum ni da

소고기	so go gi 牛肉

韓國人天天會用到的
韓語短句

- 他很愛吃甜的。
  그는 단 것을 잘 먹습니다.
  geu neun dan geo seul jjal meok sseum ni da

달다	dal tta 甜
잘	jal 好好地／擅長

- 今天吃太多了。
  오늘 과식했어요.
  o neul kkwa si kae sseo yo

과식하다	gwa si ka da 吃得過多

- 昨天晚上吃太多了。
  어젯밤에 너무 많이 먹었어요.
  eo jet ppa me neo mu ma ni meo geo sseo yo

어젯밤	eo jet ppam 昨天晚上
많이	ma ni 多

● 你最喜歡的食物什麼？
  가장 좋아하는 음식이 뭐예요?
  ga jang jo a ha neun eum si gi mwo ye yo

가장	ga jang 最／第一
좋아하다	jo a ha da 喜歡

● 你最討厭的水果是什麼？
  가장 싫어하는 과일이 뭐예요?
  ga jang si reo ha neun gwa i ri mwo ye yo

싫어하다	si reo ha da 討厭
과일	gwa il 水果

學業／工作

- 你主修什麼科系？
  전공이 뭐예요?
  jeon gong i mwo ye yo

전공	jeon gong 專業／專修

- 我主修經營學。
  저는 경영학을 전공해요.
  jeo neun gyeong yeong ha geul jjeon gong hae yo

경영학	gyeong yeong hak 經營學
전공하다	jeon gong ha da 主修

- 我是高中生。
  저는 고등학생입니다.
  jeo neun go deung hak ssaeng im ni da

고등학생	go deung hak ssaeng 高中生

● 您在做什麼工作？
어떤 일을 하십니까?
eo tteon i reul ha sim ni kka

일	il 工作／事情

● 你在哪工作？
어디에서 일하세요?
eo di e seo il ha se yo

일하다	il ha da 工作

● 我的職業是律師。
저의 직업은 변호사입니다.
jeo ui ji geo beun byeon ho sa im ni da

직업	ji geop 職業
변호사	byeon ho sa 律師

韓國人天天會用到的
韓語短句

- 崔先生，您在哪裡工作？
  최선생은 어디서 근무하십니까?
  choe seon saeng eun eo di seo geun mu ha sim ni kka

근무하다	geun mu ha da 任職／上班

- 我自己開一家麵包店。
  저는 제과점을 경영하고 있지요.
  jeo neun je gwa jeo meul kkyeong yeong ha go it jji yo

제과점	je gwa jeom 麵包店／點心店
경영하다	gyeong yeong ha da 經營

- 生意好嗎？
  장사는 잘 되시나요?
  jang sa neun jal ttoe si na yo

장사	jang sa 買賣／生意
잘	jal 好好地

312

外貌

- 那個男生長得怎麼樣？
  그 남자는 어떻게 생겼어요?
  geu nam ja neun eo tteo ke saeng gyeo sseo yo

남자	nam ja 男子／男人
생기다	saeng gi da 長(得)／生(得)

- 你多高？
  키가 얼마나 되나요?
  ki ga eol ma na doe na yo

키	ki 個子／身高
얼마나	eol ma na 多少

- 他很帥。
  그는 잘 생겼습니다.
  geu neun jal ssaeng gyeot sseum ni da

잘 생기다	jal ssaeng gi da 長得帥

313

● 她很性感。
그녀는 섹시합니다.
geu nyeo neun sek ssi ham ni da

섹시하다	sek ssi ha da 性感

● 他太瘦了。
그 사람은 너무 말랐어요.
geu sa ra meun neo mu mal la sseo yo

마르다	ma reu da 乾／瘦

● 她長得怎麼樣？
그녀는 어떻게 생겼어요?
geu nyeo neun eo tteo ke saeng gyeo sseo yo

그녀	geu nyeo 她
생기다	saeng gi da 長得／產生

● 真的長得很像電影演員。
  정말 영화 배우 같이 생겼어요.
  jeong mal yeong hwa bae u ga chi saeng gyeo sseo yo

영화	yeong hwa 電影
배우	bae u 演員

● 我長得像爸爸。
  저는 아버지를 닮았어요.
  jeo neun a beo ji reul ttal ma sseo yo

아버지	a beo ji 爸爸
닮다	dam da 相像／似

● 你一點也沒變。（非敬語用法）
  넌 조금도 안 변했어.
  neon jo geum do an byeon hae sseo

조금	jo geum 一點
변하다	byeon ha da 變化／改變

● 我體重增加很多。
제 몸무게가 많이 늘었어요.
je mom mu ge ga ma ni neu reo sseo yo

몸무게	mom mu ge 體重
늘다	neul tta 增加/增長

● 你好像變苗條了。
당신은 날씬해진 것 같네요.
dang si neun nal ssin hae jin geot gan ne yo

당신	dang sin 您/夫妻間的稱呼
날씬하다	nal ssin ha da 苗條

性格

● 他的性格怎麼樣？
성격이 어때요?
seong gyeo gi eo ttae yo

성격	seong gyeok 性格

● 我覺得有些內向。
내성적이라고 생각합니다.
nae seong jeo gi ra go saeng ga kam ni da

내성적	nae seong jeok 內向的
생각하다	saeng ga ka da 認為／覺得

● 他很害羞又安靜。
그는 매우 수줍고 조용합니다.
geu neun mae u su jup kko jo yong ham ni da

매우	mae u 很
수줍다	su jup tta 害羞
조용하다	jo yong ha da 安靜

- 我善於交際。
  저는 사교적입니다.
  jeo neun sa gyo jeo gim ni da

사교적	sa gyo jeok 社交的

- 他的性子急。
  그의 성격은 급해요.
  geu ui seong gyeo geun geu pae yo

급하다	geu pa da 急躁／暴躁

- 他缺乏幽默感。
  그는 유머감각이 없습니다.
  geu neun yu meo gam ga gi eop sseum ni da

유머	yu meo 幽默
감각	gam gak 感覺

音樂

● 你喜歡什麼音樂？
어떤 음악을 좋아합니까?
eo tteon eu ma geul jjo a ham ni kka

음악	eu mak 音樂

● 我喜歡古典音樂。
저는 고전 음악을 좋아합니다.
jeo neun go jeo neu ma geul jjo a ham ni da

고전	go jeon 古典

● 你會演奏什麼樂器？
무슨 악기를 연주할 줄 알아요?
mu seun ak kki reul yeon ju hal jjul a ra yo

악기	ak kki 樂器
연주하다	yeon ju ha da 演奏

319

- 我會彈吉他。
  기타를 칠 줄 알아요.
  gi ta reul chil jul a ra yo

기타	gi ta 吉他
기타를 치다	gi ta reul chi da 彈吉他

- 你會彈鋼琴嗎？
  피아노 칠 줄 아세요?
  pi a no chil jul a se yo

피아노	pi a no 鋼琴

- 你常去聽演唱會嗎？
  콘서트에 자주 갑니까?
  kon seo teu e ja ju gam ni kka

콘서트	kon seo teu 演唱會
자주	ja ju 常常

● 我很喜歡這首歌的歌詞。
이 노래 가사가 마음에 듭니다.
i no rae ga sa ga ma eu me deum ni da

노래	no rae 歌曲
가사	ga sa 歌詞

● 我很喜歡音樂。
음악을 매우 좋아합니다.
eu ma geul mae u jo a ham ni da

매우	mae u 很/非常

● 我是古典音樂的愛好者。
저는 클래식 음악 애호가입니다.
jeo neun keul lae sik eu mak ae ho ga im ni da

클래식	keul lae sik 古典
애호가	ae ho ga 愛好者/迷

韓語短句

- 我非常喜歡貝多芬。
  베토벤을 대단히 좋아합니다.
  be to be neul ttae dan hi jo a ham ni da

베토벤	be to ben 貝多芬
대단히	dae dan hi 非常／相當

- 我喜歡嘻哈音樂。
  저는 힙합을 좋아해요.
  jeo neun hi pa beul jjo a hae yo

힙합	hi pap 嘻哈

電影

● 你喜歡看什麼電影？
어떤 영화를 즐겨 보세요?
eo tteon yeong hwa reul jjeul kkyeo bo se yo

즐기다	jeul kki da 熱愛／喜愛

● 我喜歡看恐怖片。
저는 공포 영화를 좋아합니다.
jeo neun gong po yeong hwa reul jjo a ham ni da

공포	gong po 恐怖

● 你大多都看什麼片呢？
어떤 장르의 영화를 많이 봐요?
eo tteon jang neu ui yeong hwa reul ma ni bwa yo

장르	jang neu 體裁

323

- 我大多是看喜劇片。
  전 코미디 영화를 많이 봐요.
  jeon ko mi di yeong hwa reul ma ni bwa yo

코미디	ko mi di 喜劇

- 那部電影何時上映啊？
  그 영화는 언제 상영하나요?
  geu yeong hwa neun eon je sang yeong ha na yo

상영하다	sang yeong ha da 上映

- 你有特別喜歡的演員嗎？
  특별히 좋아하는 배우가 있어요?
  teuk ppyeol hi jo a ha neun bae u ga i sseo yo

특별히	teuk ppyeol hi 特別
배우	bae u 演員

休閒／運動

- **您去哪度假了？**
  어디로 휴가를 가셨어요?
  eo di ro hyu ga reul kka syeo sseo yo

휴가	hyu ga 度假

- **你怎麼打發閒暇的時間？**
  여가를 어떻게 보내세요?
  yeo ga reul eo tteo ke bo nae se yo

여가	yeo ga 空閒／餘暇
보내다	bo nae da 過（日子）

- **通常你會做什麼來轉換心情？**
  기분 전환으로 보통 뭘 해요?
  gi bun jeon hwa neu ro bo tong mwol hae yo

전환	jeon hwan 轉換
보통	bo tong 通常／一般

韓國人天天會用到的
韓語短句

- 週末要不要一起去爬山？
  주말에 같이 등산이나 할까요?
  ju ma re ga chi deung sa ni na hal kka yo

주말	ju mal 週末
같이	ga chi 一起
등산	deung san 爬山

- 我喜歡跑步、爬山和打網球。
  난 조깅, 등산, 테니스를 좋아해요.
  nan jo ging deung san te ni seu reul jjo a hae yo

조깅	jo ging 跑步
테니스	te ni seu 網球

- 我努力運動。
  전 꾸준히 운동을 합니다.
  jeon kku jun hi un dong eul ham ni da

꾸준히	kku jun hi 勤奮地／不懈地

● 我們一起運動，好嗎？
  함께 운동하는 게 어때요?
  ham kke un dong ha neun ge eo ttae yo

함께	ham kke 一起

● 你會什麼運動？
  어떤 운동을 할 줄 아세요?
  eo tteon un dong eul hal jjul a se yo

어떤	eo tteon 什麼樣的

● 我會打棒球。
  저는 야구를 할 줄 압니다.
  jeo neun ya gu reul hal jjul am ni da

야구	ya gu 棒球

戀愛／結婚

- 我愛你！
  사랑해요.
  sa rang hae yo

사랑하다	sa rang ha da 愛

- 我們結婚吧！
  우리 결혼해요.
  u ri gyeol hon hae yo

결혼하다	gyeol hon ha da 結婚

- 分手了。
  헤어졌어요.
  he eo jeo sseo yo

헤어지다	he eo ji da 分開／分手

- 和女朋友分手了。
  여자친구랑 헤어졌어요.
  yeo ja chin gu rang he eo jeo sseo yo

여자친구	yeo ja chin gu 女朋友

- 被甩了。
  차였어요.
  cha yeo sseo yo

차이다	cha i da 被甩／被踢

- 被男朋友甩了。
  남자친구한테 차였어요.
  nam ja chin gu han te cha yeo sseo yo

남자친구	nam ja chin gu 男朋友

韓國人天天會用到的
韓語短句

- 我真的很想你。
  당신이 정말 보고 싶어요.
  dang si ni jeong mal ppo go si peo yo

당신	dang sin 您／夫妻間的稱呼

- 你腳踏兩條船啊！
  양다리를 걸치고 있네요.
  yang da ri reul kkeol chi go in ne yo

양다리	yang da ri 兩條腿
걸치다	geol chi da 跨／架

- 我是認真的。
  난 진심이에요.
  nan jin si mi e yo

진심	jin sim 真心

- 我看中她了。
  저 사람 제가 찍었어요.
  jeo sa ram je ga jji geo sseo yo

저	jeo 那個
사람	sa ram 人
찍다	jjik tta 蓋(章)／拍(照)

- 我一見鍾情了。
  첫눈에 반했어요.
  cheon nu ne ban hae sseo yo

첫눈	cheon nun 第一眼
반하다	ban ha da 愛戀／入迷

- 你有在交往的女朋友嗎？
  사귀는 여자친구가 있어요?
  sa gwi neun yeo ja chin gu ga i sseo yo

사귀다	sa gwi da 交往

韓國人天天會用到的
韓語短句

- 你喜歡什麼類型的女生？
  어떤 타입의 여자가 좋아요?
  eo tteon ta i bui yeo ja ga jo a yo

타입	ta ip 類型／款式
여자	yeo ja 女子／女人

- 那女的是你愛人？（非敬語用法）
  그녀는 네 애인이야?
  geu nyeo neun ni ae i ni ya

애인	ae in 愛人／戀人

- 你沒有男朋友嗎？
  남자 친구 없어요?
  nam ja chin gu eop sseo yo

남자친구	nam ja chin gu 男朋友

● 我沒交過女朋友。
  저는 여자친구를 사귄 적이 없어요.
  jeo neun yeo ja chin gu reul ssa gwin jeo gi eop sseo yo

여자친구	yeo ja chin gu 女朋友

● 你們兩個是怎麼認識的？
  둘이 어떻게 알게 됐어요?
  du ri eo tteo ke al kke dwae sseo yo

둘	dul 兩(個)

● 那個人向我告白了。
  그 사람은 저한테 고백했어요.
  geu sa ra meun jeo han te go bae kae sseo yo

고백하다	go bae ka da 告白

讓韓人天天會用到的
韓語短句

- 我想和她交往。
  그녀와 사귀고 싶습니다.
  geu nyeo wa sa gwi go sip sseum ni da

그녀	geu nyeo 她
사귀다	sa gwi da 交往

- 你的理想型是？
  이상형이 어떻게 돼요?
  i sang hyeong i eo tteo ke dwae yo

이상형	i sang hyeong 夢中情人／理想型

- 請介紹給我吧。
  저에게 소개 좀 해 주세요.
  jeo e ge so gae jom hae ju se yo

소개	so gae 介紹

- 你們交往多久了？
  만난 지 얼마나 됐어요?
  man nan ji eol ma na dwae sseo yo

만나다	man na da 見面／交往

- 他劈腿了。
  그가 바람을 피웠어요.
  geu ga ba ra meul pi wo sseo yo

바람을 피우다	ba ra meul pi u da 劈腿／外遇

- 我需要你。（非敬語用法）
  네가 필요해.
  ni ga pi ryo hae

필요하다	pi ryo ha da 需要

韓國人天天會用到的
韓語短句

- 你結婚了嗎？
  결혼했어요?
  gyeol hon hae sseo

결혼하다	gyeol hon ha da 結婚

- 你什麼時候要結婚？
  언제 결혼하실 겁니까?
  eon je gyeol hon ha sil geom ni kka

언제	eon je 什麼時候

- 我明年要和他結婚。
  내년에 그와 결혼 할 것입니다.
  nae nyeo ne geu wa gyeol hon hal kkeo sim ni da

내년	nae nyeon 明年

- 我和她訂婚了。
  그녀와 약혼을 했어요.
  geu nyeo wa ya ko neul hae sseo yo

약혼	ya kon 訂婚

- 你想和哪種人結婚？
  어떤 사람과 결혼하고 싶습니까?
  eo tteon sa ram gwa gyeol hon ha go sip sseum ni kka

어떤 사람	eo tteon sa ram 什麼樣的人

韓國人天天會用到的
韓語短句

天氣

- 今天天氣怎麼樣？
  오늘 날씨 어때요?
  o neul nal ssi eo ttae yo

날씨	nal ssi 天氣

- 希望別再下雨了。
  비가 그만 오면 좋겠어요.
  bi ga geu man o myeon jo ke sseo yo

그만	geu man 到此為止

- 今天的氣象很準耶！
  오늘은 일기예보가 잘 맞았네요.
  o neu reun il gi ye bo ga jal ma jan ne yo

맞다	mat tta 準／一致

338

- 外面很熱。
  밖은 무척 더워요.
  ba kkeun mu cheok deo wo yo

밖	bak 外面
무척	mu cheok 特別地
덥다	deop tta 熱

- 開始下雨了。
  비가 오기 시작합니다.
  bi ga o gi si ja kam ni da

시작하다	si ja ka da 開始

- 太陽出來了。
  해가 나왔습니다.
  hae ga na wat sseum ni da

해	hae 太陽
나오다	na o da 出來

韓國人天天會用到的
韓語短句

- 好像要下雨了。
  비가 올 것 같습니다.
  bi ga ol geot gat sseum ni da

비	bi 雨
비가 오다	bi ga o da 下雨

- 今天的天氣預報怎麼説？
  오늘 일기예보는 어떻습니까?
  o neul il gi ye bo neun eo tteo sseum ni kka

일기예보	il gi ye bo 天氣預報

- 天氣很不好，對吧？
  날씨가 매우 안 좋지요?
  nal ssi kka mae u an jo chi yo

매우	mae u 很

- 今天有風。
  오늘은 바람이 붑니다.
  o neu reun ba ra mi bum ni da

바람	ba ram 風
불다	bul da 刮(風)

- 這裡的天氣和韓國的天氣很類似。
  여기 날씨는 한국 날씨와 아주 비슷해요.
  yeo gi nal ssi neun han guk nal ssi wa a ju bi seu tae yo

비슷하다	bi seu ta da 類似

- 我討厭寒冷的冬天。
  나는 추운 겨울이 싫어요.
  na neun chu un gyeo u ri si reo yo

춥다	chup tta 冷
겨울	gyeo ul 冬天

韓國人天天會用到的
韓語短句

時間／日期

● 今天幾號？
오늘이 며칠이에요?
o neu ri myeo chi ri e yo

며칠	myeo chil 幾號／幾天

● 今天是5月30號。
오늘이 5월 30일이에요.
o neu ri o wol sam si bi ri e yo

월	wol (幾)月
일	il (幾)號

● 今天陰曆幾號？
오늘이 음력 며칠이지요?
o neu ri eum nyeok myeo chi ri ji yo

음력	eum nyeok 陰曆

- 今天星期幾？
  오늘이 무슨 요일이에요?
  o neu ri mu seun yo i ri e yo

요일	yo il 星期

- 今天星期六。
  오늘이 토요일이에요.
  o neu ri to yo i ri e yo

토요일	to yo il 星期六

- 一點半。
  1시 30분입니다.
  han si sam sip ppu nim ni da

한 시	han si 一點
분	bun（幾）分

韓國人天天會用到的
韓語短句

- 我的錶慢五分。
  내 시계는 5분 늦어요.
  nae si gye neun o bun neu jeo yo

시계	si gye 手錶
늦다	neut tta 晚／遲

- 今天是什麼特別的日子嗎？
  오늘이 무슨 특별한 날입니까?
  o neu ri mu seun teuk ppyeol han na rim ni kka

특별하다	teuk ppyeol ha da 特別的
날	nal 日子

- 午餐時間是一個小時。
  점심 시간은 한 시간입니다.
  jeom sim si ga neun han si ga nim ni da

점심 시간	jeom sim si gan 午餐時間

出去玩

- 首爾哪裡有值得一遊的地方？
  서울에 놀만한 곳이 어디에 있어요?
  seo u re nol man han go si eo di e i sseo yo

서울	seo ul 首爾
곳	got 地方

- 你去過南山公園嗎？
  남산공원에 가 보셨어요?
  nam san gong wo ne ga bo syeo sseo yo

남산공원	nam san gong won 南山公園

- 那裡的風景很美。
  거기 경치는 매우 아름다워요.
  geo gi gyeong chi neun mae u a reum da wo yo

경치	gyeong chi 風景
아름답다	a reum dap tta 美麗／漂亮

- 雪嶽山在哪裡？
  설악산은 어디에 있습니까?
  seo rak ssa neun eo di e it sseum ni kka

설악산	seo rak ssan 雪嶽山

- 你什麼時候要去濟州島？
  언제 제주도로 떠나십니까?
  eon je je ju do ro tteo na sim ni kka

제주도	je ju do 濟州島
떠나다	tteo na da 離開／出發

- 我會寄明信片給你。
  내가 엽서를 보내 줄게요.
  nae ga yeop sseo reul ppo nae jul ge yo

엽서	yeop sseo 明信片
보내다	bo nae da 寄送

- 那棟建築就是博物館。
  저 건물이 바로 박물관입니다.
  jeo geon mu ri ba ro bang mul gwa nim ni da

건물	geon mul 建築物
바로	ba ro 就是/正是

- 我想參觀有名的景福宮。
  유명한 경복궁을 구경하려고 합니다.
  yu myeong han gyeong bok kkung eul kku gyeong ha ryeo
  go ham ni da

유명하다	yu myeong ha da 有名
구경하다	gu gyeong ha da 參觀

- 在韓國印象最深刻的是什麼？
  한국에서 가장 인상 깊었던 것이 뭐예요?
  han gu ge seo ga jang in sang gi peot tteon geo si mwo ye yo

가장	ga jang 最/第一
인상	in sang 印象
깊다	gip tta 深

韓國人天天會用到的
韓語短句

韓語館 系列 09

韓國人天天會用到的韓語短句

 編著　朴成浩　 執行編輯　呂欣穎　 美術編輯　林于婷

 Parrot 語言鳥

出版社

22103　新北市汐止區大同路三段１８８號９樓之１
TEL　（02）8647-3663
FAX　（02）8647-3660

法律顧問　方圓法律事務所　涂成樞律師

總經銷：永續圖書有限公司
永續圖書線上購物網
www.foreverbooks.com.tw

CVS代理　美璟文化有限公司
　　　　　TEL　（02）2723-9968
　　　　　FAX　（02）2723-9668
出版日　2013年02月

國家圖書館出版品預行編目資料

韓國人天天會用到的韓語短句 / 朴成浩編著. -- 初版.
　-- 新北市：語言鳥文化，民102. 02
　　　面；　公分. -- （韓語館；9）
　ISBN 978-986-88955-5-3(平裝附光碟片)

　　　1. 韓語 2. 句法

　803. 269　　　　　　　　　101025553

語言鳥 **P**arrot 讀者回函卡

韓國人天天會用到的韓語短句

感謝您對這本書的支持，請務必留下您的基本資料及常用的電子信箱，以傳真、掃描或使用我們準備的免郵回函寄回。我們每月將抽出一百名回函讀者寄出精美禮物，並享有生日當月購書優惠價，語言鳥文化再一次感謝您的支持與愛護！

想知道更多更即時的消息，歡迎加入"永續圖書粉絲團"

傳真電話：　　　　　　　　　　電子信箱：
（02）8647-3660　　　　　　　yungjiuh@ms45.hinet.net

基本資料

姓名：＿＿＿＿＿ ○先生
　　　　　　　　 ○小姐　電話：＿＿＿＿＿

E-mail：＿＿＿＿＿

地址：＿＿＿＿＿

購買此書的縣市及地點：＿＿＿＿＿

□連鎖書店　　□一般書局　　□量販店　　□超商

□書展　　□郵購　　□網路訂購　　□其他

您對於本書的意見

內容　　　　　：　　　　　□滿意　□尚可　□待改進
編排　　　　　：　　　　　□滿意　□尚可　□待改進
文字閱讀　　　：　　　　　□滿意　□尚可　□待改進
封面設計　　　：　　　　　□滿意　□尚可　□待改進
印刷品質　　　：　　　　　□滿意　□尚可　□待改進

您對於敝公司的建議

語言是通往世界的橋梁

語言鳥Parrot
語言是通往世界的橋梁

語言鳥 **P**arrot

語言是通往世界的橋梁